KB019999

이완근 기자의 〈미용인보〉

우리 사이에 詩가 있었네

우리 사이에

이완근 지음

詩가

있었네

도서
출판 북인

미용인의 *끈끈한* 정이 여기 있네

기자가 미용실 프랜차이즈로 성공한 미용인들을 만나서 인터뷰를 하고, 그 교훈적인 내용을 미용인들께 전해주고자 만든 책이 2018년 4월에 나온 『헤어디자이너』(부제, 한국 미용계를 이끄는 리더12)입니다. 그 책을 완성하고 나서 미용계의 진면목을 보여줄 수 있는 책을 구상하게 되었고, 그 결과 《뷰티라이프》잡지에 〈미용인보美容人譜〉라는 꼭지를 만들었습니다.

〈미용인보〉를 연재하면서 몇 가지 규칙을 정했습니다.
첫째는 평소 기자와 소통을 하며 유쾌한 에피소드를 많이 공유한 미용인
둘째는 미용인으로서 자기 나름의 세계를 구축한 분
셋째는 미용인의 정과 의리를 가진 분
넷째는 마음이 아름답고 멋을 아는 미용인 등등

이런 규칙에 따라 〈미용인보〉는 지난 2019년 3월호부터 기자와 특별한 인연과 관계를 이어오는 미용인 한 분에 대한 시와 에피소드를 사진과 함께 매달 소개했습니다. 미용인으로서 사는 맛을 진하게 풍기는 미용인과 기자와의 인연을 모티브로 이야기를 전개했는데, 연재와 동시에 독자들의 반응이 뜨거웠습니다. 〈미용인보〉를 읽다보면 미용인으로 사는 게 어떤 것인지 그 내면을 잘 알 수 있습니다.

이제 2019년 3월호부터 2021년 2월호까지 2년 동안 연재했던 스물네 분을 모셔『우리 사이에 詩가 있었네』란 단행본으로 출간하게 되었습니다.

여기 소개하는 스물네 분은 미용인으로서 성공도 했지만 인간적인 면에서 어디 내놓아도 손색이 없는 인성을 가지신 분들입니다. 미용인을 거론할 때면 기자는 정과 의리가 많은 사람들이라고 말합니다. 여기에 더하여 스물네 분은 웃음과 실력, 그리고 사람 사는 풍류를 진정으로 알고 계신 분들이라고 말하고 싶습니다.

기자와 오랫동안 교우交友하며 많은 도움과 교훈을 주신 분들입니다. 기자가 때론 어리광을 부리거나 실수를 할 때에도 기자를 믿고 묵묵히 지켜봐주신 분들입니다. 미용계의 따뜻함을 온전히 간직하신 분들입니다. 그러나 무엇보다도 미용계 각자의 분야에서 자기 길을 개척하고 자기만의 세계를 창조하고 계신 분들입니다. 이 분들이 계셨기에 미용계가 한 단계 성숙하고 사회적으로 대우받는 전문가 집단이 되었다고 기자는 확실하게 믿습니다.

이 스물네 분들과 기자가 허심탄회하게 만날 수 있고, 미용계에 대해 폭넓게 이야기할 수 있었던 것은 기자의 미용계 생활 중 가장 큰 행복이자 자랑이었습니다.

미용인 백만 명 중 현업에 종사하는 분들을 대략 30만 명쯤으로 추산합니다. 30만 미용인 중 스물네 분을 모셨으니 기자의 영광이 아닐 수 없습니다.

이 책을 엮으며 지난 25년간의 미용기자 생활을 다시 생각하는 시간을 가졌습니다. 슬프고 안타까웠던 날들보다는 기쁘고 행복했던 시간이 많았던 나날이었습니다. 미용계가 그만큼 여타 사회조직보다는 정과 의리가 많기 때문이라고 믿습니다. 더구나 여기 소개하는 스물네 분은 즐거움은 물론 어려움까지도 함께 공유하고 나눠왔다고 자부합니다.

이번 『우리 사이에 詩가 있었네』가 미용계에서 널리 읽혀져서 우리 미용인의 끈끈한 정과 의리는 물론 참된 미용인으로 살아가는 면면을 이해하는 데 큰 도움이 되었으면 합니다.

2021년 늦봄

이완근

CONTENTS

part I Red

Part II Blue

Part III Yellow

Part IV White

Part I
Red

나는 천상 꿈꾸는 소녀

엘리자리 엘리자리뷰티살롱 대표

바다가 된 소녀

— 엘리자리 원장

꿈꾸는 소녀가 있었다
그 꿈은 세계를 향한 것이었고
아침 이슬처럼 하얗고 찬연했다
그 꿈은 늪이었고 미로였다
꿈은 멀리 날았고,
날아갔다,
고 생각했다
꿈은 방향을 바꾸었고
새로운 언어가 되었다
이슬처럼 탱탱했던 꿈이
툭 튀어 올랐다
육신으로 다지고
마음으로 다스렸다
마침내 잔잔한 바다가 되었다
조용한 바다,
고래를 키우는 바다,
바람소리마저
잠재우고 있는 완성된 바다

솟구칠 날이 올 것이다

미용국가대표 주장 역을 맡다

엘리자리 원장을 처음 만나 건 1996년 여름이다. 기자가 미용계에 입문하고 얼마 되지 않은 때였다. 그해 10월에 미국 워싱턴에서 〈헤어월드 '96워싱턴대회〉가 있었고 엘리자리 원장은 이은주, 김인선 원장과 국가대표로 뽑혔다. 3명의 국가대표 중 엘리자리 원장은 국가대표 주장과 같은 역할을 맡고 있었다. 대회 출전에 앞서 인터뷰를 약속했고 비가 억수로 쏟아지는 그해 여름, 압구정동 엘리자리미용실을 방문했다. 지금도 그런 경향이 있지만 당시 젊디젊었던 기자는 억수같이 오는 비에 마음을 충분히 빼앗기고 있었다.

처음 대면하는 엘리자리 원장의 미모는 여느 여배우 못지않았다. 그런데 대화를 나누다보니 일반인 화술이 아니었다. 그와 대화를 나누다보면 아프리카 늪지를 여행하고 있다는 느낌을 지울 수 없었다. 또 중국 춘추전국시대의 노자를 만나서 이야기하는 기분이랄까, 대화가 미끄러졌다가 공중을 날았다가 무위에 이르렀다가 현실로 되돌아오는가 싶다가 다시 늪 속에 빠지고…. 아주 특이한 미용인이라고 속으로 생각했다.

인터뷰를 마치고 우리는 내리는 비에 대해서, 시시껄렁한 삶에 대해서 몇 병의 막걸리를 앞에 두고 이야기를 나누고 또 나누었다. 헤어질 때 기자는 또 아프리카의 광활한 밀림을 생각했다.

워싱턴대회 때 취재를 하며 10박 11일 동안 함께했던 미용인들과 많은 대화와 추억을 쌓을 수 있었다. 워싱턴에서 당시 국제적 헤어모델로 명성을 날리고 있던 이혜경, 선경 자매도 만났다.

대회를 마치고 한국에 돌아와 엘리자리 원장과는 자주 만날 기회가 있었다. 국제대회를 치르고 나면 후일담이 많이 남는 법이다. 프랑스 MCB대회를 비롯, 몇 번의 대회가 더 있었고 그때마다 3명의 국가대표는 엘리자리, 김동분, 이복자 원장의 3명으로 굳어졌다. 그리고 그 막간의 이유를 기자는 공유할 수 있었다.

세계적인 미용인과 교류하다

마침 우여곡절 끝에 우리나라는 1998년 예정인 세계대회를 유치했다. 기자는 〈헤어월드대회〉를 매월 특집 기사로 게재했고, 자료를 얻기 위해 엘리자리 원장

을 자주 만나곤 했다. 엘리자리 원장은 세계대회를 좌지우지하고 있던 유럽의 미용인사들과 많은 친분 관계를 유지하고 있었다.

이상한 것은 엘리자리 원장과 만나기로 한 날은 꼭 비가 왔다는 것이다. 우연은 반복됐고 우리는 비가 오면 막걸리를 앞에 두고 만났다. 술을 마시지 못하는 엘리자리 원장은 담배만 피워댔다.

세월이 흘러 〈헤어월드 '98서울대회〉가 올림픽공원에서 열렸고 엘리자리 원장은 헤어바이나이트 부문 2위, 개인 종합 5위의 쾌거를 이루었다. 당시 대한미용사회중앙회 회장은 마샬의 하종순 원장이었다. 서울대회를 마치고 하종순 회장은 중앙회장에 3번째 당선됐다. 2001년 17대 중앙회장 선거가 있었고 4선에 도전했던 하종순 회장은 야당 단일후보였던 강경남 후보에게 졌다. 하종순 회장의 국제대회 오른손 역할을 했던 엘리자리 원장도 새로운 중앙회와 멀어졌다. 기자는 엘리자리 원장의 국제적인 역할이 묻히는 게 아쉬워 몇 번 새로운 집행부와 같이할 것을 권했지만 여러 이유로 불발됐다.

소녀의 꿈은 이루어진다

그리고 세월이 흘렀다. 엘리자리 원장도 개인적인 사정으로 숍을 몇 번 옮기기도 했다. 우리는 그 전처럼 자주 만나지는 못했지만 비가 오거나 눈이 오면 자주 통화를 했다. 느낌으로 알 수 있는 사이라고 말하면 오해할 수 있겠다. 우리는 순전히 미용 동지다.

엘리자리 원장은 소녀다, 천상 소녀의 모습을 지녔다. 무슨 말인가 하고 난 다음

'까르르 까르르' 웃을 때는 마치 여고생 같다. 미용에 대한 자신감 속에 수줍음도 병행하고 있다.

　지금 엘리자리 원장은 시를 쓰고 있다. 언젠가 가평에 있는 이윤학 시인을 소개해준다고 말했고 기자는 먼저 가서 이윤학 시인과 마신 막걸리로 대취해 있었다. 뒤늦게 찾아온 엘리자리 원장은 이윤학 시인과 제대로 인사도 못하고 되돌아 갔다는 소식을 들었다. 다음날 점심쯤 깨어난 기자는 이윤학 시인 집에 밤새 누가 다녀갔는지 머리를 굴려도 누군지를 한참 동안 몰랐다.

　지금 생각하니 엘리자리 원장과는 많은 추억을 공유했다. 국가대표로서 뿐만 아니리 국제적인 경험까지 엘리자리 원장이 가지고 있는 역량은 상상 이상이다. 2001년, 엘리자리 원장이 잘 나가던 시절(?), 기자는 (주)웰라의 지원을 받아『엘리자리의 컨슈머패션, 헤어바이나이트』라는 단행본과 비디오, CD를 세트로 몇 개월의 고생 끝에 제작했다. 그때를 생각하면 흐뭇하다. 일에 대한 열정이 서로 대단하던 시절이었다.

　이제 엘리자리 원장은 적지 않은 나이가 됐다. 그러나 기자가 봤을 때 엘리자리 원장은 언제나 소녀다. 지금도 무언가를 꿈꾸고 있는 것 같다. 그녀의 꿈이 언젠가는 이루어지리라 꼭 믿는다. 열정은 가는 세월이 결코 빼앗아갈 수 없기 때문이다.

　엘리자리 원장께 비 오면 안부 전화를 하리라. 아니 전화하면 비 오리라.

엘리자리 대표 프로필

- 이현서(이금연에서 개명)
- 1981년 엘리자리헤어살롱 오픈
- 2005년 엘리자리뷰티스쿨 오픈
- 용인대학교 경영학 석사
- 미용기능장 취득
- 미용교사 자격증 취득
- 숙명여자대학교 평생교육원 교수 역임
- 이화여대, 경원대, 용인대, 한남대, 전주대 등 특강교수
- 열린사이버대학교 4년제 객원 뷰티학과장 역임
- (사)한중교육문화 인재교류 미용학부 이사
- 현재 엘리자리뷰티살롱 대표, 중국 심천점, 태국 방콕점 운영

분장 나라의 창조주

강대영 한국분장 대표

분장 나라엔 그가 있다
── 강대영 대표

분장 나라에는 창조주 한 사람이 있었고
그는 모든 걸 창조했다
선인도 만들었고
악당도 만들었으며
동물과 나무도
그의 손끝에서 태어났다
창조자답게
그의 손끝은 섬세했으며
세심한 손을 통해
피조물들은 형체는 물론
내면까지 구조화되었다
그렇게 그는 세상에 없는
세상을 만들어갔고
창조주 자리를 견고히 했으나
멈출 줄 몰랐다
수염에도 박사가 있음을 알렸고
작은 거인도 있다는 것을 귀띔했다

그의 창조가
어디까지 갈 줄 아무도 모른다

강남 신사동 '하늘주점' 주인장

    강남 신사동에 가면 5층짜리 아담한 건물이 하나 있고 그 건물 옥상에는 세상에 하나뿐인 무료 주점(?)이 있다. 그 주점에 기자는 비나 눈이 오거나, 좋은 일이 생기거나 기분 안 좋은 일이 생기면 찾아
갔고, 그곳에서 막걸리나 소맥을 마신다.
어떤 날엔 선물받은 특별한 술을 마시기도
한다. 그 주점의 주인장은 미용계에서 사
람 좋기로 소문난 한국분장 강대영 대표
다. 하늘주점이라는 상호는 어느 날 술을
마시다가 기자가 이름지어 SNS에 올렸더니 상호로 굳어졌다.

사람과 술을 좋아하는 강대영 대표의 사옥이기도 한 그 건물 옥상의 하늘주점
엔 많은 사람들이 다녀가곤 한다. 기자도 그곳을 자주 찾는 사람 중 한 명임은 분
명하다. 기자는 특히 S회장, L, C원장, P대표, L교수와는 주기적으로, 또는 간헐적
으로 그곳에서 만나곤 한다.

그곳의 풍광은 멀리 남산부터 가깝게는 강남을지병원까지 시각을 달리하며 멋
을 덧칠해 보여줘 방문객을 황홀경에 빠지게 한다. 옥상에는 배수시설을 완벽하
게 해 파란 잔디가 운치를 더해주었고, 그 주변으로는 장미를 비롯해 갖은 꽃들이
철을 바꿔 방문객을 맞이한다. 때를 맞춰 자라는 고추와 상추, 쑥갓은 술의 맛을
부추기는 안주 감으로 빛을 발한다.

하늘주점은 문화계의 사랑방이라 부를 만하다. 그래서 그곳에서는 이해득실을
따지지 않는다. 술을 좋아하고 사람만 좋으면 무사통과다. 이만하면 주인장이 어
떤 사람인지 알 수 있지 않겠나.

하늘주점의 주인 강대영 대표는 책읽기를 좋아한다. 하늘주점 책상에는 항상
즐겨 읽는 책들이 놓여 있다. 기자는 하늘주점에 갈 때마다 어떤 책이 놓여 있는
지 곁눈질로 살핀다. 직접 대고 물어보지는 않지만 읽고 있는 책은 그 사람의 인

성을 살피는 데 큰 도움이 된다.

발명을 좋아하고 독서를 즐기며 시 쓰기까지 하는 강 대표는 그래서 기자와 통하는 데가 많다. 더욱이 신사동에 사무실을 마련하고 옥상에 잔디를 심은 강 대표는 비가 오는 날이면 어김없이 기자에게 전화했다. "비 오는데 한잔해야 하지 않겠수." 전화를 끊자마자 달려가지 않을 수 없다.

그렇게 우리는 철이 바뀌거나 좋은 일이 생기면 핑계 삼아 하늘주점에서 만났다. 여름이면 옥상 잔디밭에 모기장을 처놓고 여름밤의 낭만을 즐기며 대화했고 봄이면 꽃들을 감상하며 마셨다. 가을이면 가을대로 환절기면 환절기대로 즐겼다.

한국분장예술인협회 초대 회장

강대영 대표를 처음 만나 건 미용계, 특히 메이크업계가 협회를 처음 만들기 위해 분장인들의 힘을 결집하기 시작하던 1990년대 후반쯤으로 기억한다. 당시 분장인들이 협회를 만들기 위해 자주 모였었고, 그 결과 한국분장예술인협회 초대 회장으로 강대영 대표가 선출되었다.

강대영 대표가 협회를 만들 때 산파 역할을 했으니 당연한 결과였다. 그 후로

협회가 내분으로 몇 개의 단체로 분화했고 그
때마다 강 대표는 막후에서 조정자 역할을 했
다. 그 세월을 기자는 옆에서 지켜봤고 우리는
술자리를 자주 가질 수 있었다.

강 대표는 미용계가 화합하기를 늘 바랐다.
협회장들이 사심 없이 협회를 운영하기를 늘
말해왔다. 기자는 옆에서 맞장구만 칠 따름이
었다. 그리곤 '사람이 좋다, 술이 좋다' 서로 외
치며 잔을 비웠다.

강 대표는 지난 2012년 호서대학교에서 「수
염 유형에 따른 남성 인상 형성에 관한 연구」란
논문으로 박사 학위를 받았다. 형설지공의 결과였고 수염은 그의 전매특허처럼
됐다.

KBS 20년 경력에 더하여 분장 외길을 살아온 그는 지금도 방송, 영화, 연극, 오
페라, 뮤지컬 등등에서 타의 추종을 불허한다. 강 대표의 역작은 여기에서 거론할
수 없을 정도로 많다.

덕분에 기자는 많은 연극과 뮤지컬, 오페라, 창극 등을 감상할 수 있었다. 근래
같이 본 작품을 기자의 잡기장에서 찾아보니 국립극장 마당놀이 〈이춘풍전〉, 국
립창극단의 〈흥보씨〉, 〈심청이 온다〉, 세종문화회관 시즌제 대표 공연 〈사랑의
묘약〉, 〈국경의 남쪽〉 등을 비롯해 예술의전당, 롯데호텔 공연장, 명동예술극장,
충무아트센터 등 많은 공연과 장소를 함께했음을 볼 수 있었다.

분장 인생 **45**년
바늘 구멍 만큼도
후회 없다!

새해 건강해야
사랑도 기쁨도
추억도 있습니다!

어김없이 새벽 5시부터 하루 시작

강대영 대표는 부지런하다. 새벽 5시가 되면 어김없이 기상해 조간신문 네댓 개를 읽는다. 그 중 삶에 도움이 될 만한 문장에 자기의 감상을 덧붙여 주위 사람들과 공유한다.

'불행과 고통이 우리를 괴롭히는 것 같지만 한편으로는 도전과 삶의 지혜를 가르쳐준다. 마음이 힘들다는 긴 내가 더 성장하고 발전했나는 증거다. 내 멋에 겨워 행복한 날을 살아보자!'

오늘 아침에 기자가 받은 문자 메시지다. 매일같이 이런 일을 계속한다는 것은 강 대표의 성실함과 근면함을 엿볼 수 있는 대목이다.

우리는 거나해지면 종종 노래방도 간다. 강 대표의 노래 실력은 수준급이다. 작은 체구에서 울려나오는 소리의 울림이 크고 깊다. 노래방에서도 그는 겸손하며 남을 배려한다. 겸손과 배려가 몸에 밴 듯하다.

한번은 협회 일로 밤 늦게까지 술을 마신 적이 있었다. 술자리를 파한 게 새벽이었는데 신문을 읽고 쓴 메시지가 아침에 또 도착했다. 경이로운 일이 아닐 수 없다. 작은 체구에서 나오는 열정은 근면함을 넘어 자기 일에 대한 애정과 애착이 없으면 안 될 일이다. 분명 그는 작은 거인이라 불러도 손색이 없다.

오늘도 날씨가 심상찮다. 이런 날 기자는 강대영 대표의 "후딱 넘어오소. 이런 날 아니 마시면 언제 또 마시겠소"라는 전화 오기를 은근히 기다리게 되는 것이다.

강대영 대표 프로필

- 1972년 02월부터 1992년 03월 KBS 제작지원국 미술부 분장실 20년 근무
- 2012년 02월부터 주식회사 한국분장 대표이사
- 2014년 09월부터 한국분장학원 대표원장
- 2011년 11월부터 채널A 비드라마(보도, 예능, 교양 외) 분장미용 진행
- 2017년 09월부터 KBS 방송국 별관 비드라마 분장미용 진행
- 2020년부터 한국문화예술총연합회 한국예술명인(분장)
- 2020년부터 (사)한국방송스태프협회 회장

작품
- 뮤지컬 : 투란도트(대구국제뮤지컬페스티벌), 잃어버린 얼굴(서울예술단), 위대한 캐츠비(문화아이콘) 외 120여 편
- 오페라 : 사랑의 묘약(서울시오페라단), 라트라비아타(성남문화재단), 카르멘(대전오페라) 외 95여 편
- 연극 : 베니스의 상인(명동예술극장), 우어파우스트(명동예술극장), 아마데우스(명동예술극장) 외 250편
- 드라마 : 팔도강산(KBS), TV문학관, 전설의 고향(KBS), 여명의 그날(KBS) 외 500여 편
- 영화 : 젊은날의 초상(1991), 초록물고기(1997), 디 워(2007), 왕의 남자(2005) 외 50여 편

헤어아트로 미용사 영역을 확장하다

김진숙 대한민국 미용명장 1호

손끝에서 피어나는 마술
― 김진숙 명장

내 손 안엔 아무것도 없지라잉
마술사의 트릭도
미장센을 향한 두려움도 없지라잉
머리카락을 사랑하고
미용을 향한 애정밖에 없지라잉
그러다봉께
고구려 여인이 튀어나오고
미술과 미용이 잘도 어우러져
헤어아트로 잉태하더랑게잉
신명나는 예술
즐거운 인생이어라

이제 고려, 조선 여인에
고구려, 백제, 신라 여인, 미래의 여인까지 합세
함께 놀 수 있으리

예술은 캄캄한 밤에 탄생된당게
질긴 삶을 이겨내야 꽃이 된당게
누군가는 알 거여잉
오늘 밤도
머리카락 들고
촛불 밝히는 한 사람이 있음을

대한민국 미용명장 1호 되다

김진숙 명장을 이르는 타이틀은 여럿 있다. 전 대한미용사회중앙회 부회장직을 비롯, 고전분과특별위원장, 홍보위원장, 영산대학교 미용학과 교수, 한울이미용실 대표, 대한민국 미용명장 1호 등등. 기자가 김진숙 명장이라 칭함은 대한민국 미용명장 1호라는 점을 부각하기 위함이다. 김진숙 명장은 2002년 미용분야에서 맨 처음 명장에 올랐다. 미용사의 쾌거라 할 만한 사건이었다. 미용사 현업 인구를 30만 명이라고 가정했을 때 30만 분의 1의 위치에 오른 거였으며 기자는 매우 합당한 대우라고 생각했다.

최초로 미용명장이 되고 난 후 김진숙 명장으로부터 전화가 왔다. "국장님 대단히 감사합니다. 이 고마움을 어떻게 말로 표현할 수 있나요. 진심으로 감사드립니다." 전화를 받고 기자는 의아하게 생각했다. 잡지에 작품을 실어주고 인터뷰를 몇 번 해줬을 뿐인데, 잡지에 실었던 작품이나 인터뷰, 행사 등이 명장 심사를 받는데 많은 도움을 받았다는 얘기를 나중에 들었다. 잡지를 꼼꼼하게 스크랩해두었단 사실도 함께 알았다.

김진숙 명장을 처음 만난 건 1990년대 후반이었다. 당시 기자는 사진기자, 취재기자와 팀을 이뤄 지방 편을 매달 특집으로 싣고 있었다. 예를 들어 광주 편을 싣는다면 2박 3일 동안 광주로 출장 가서 광주지방 미용인들의 작품을 현지에서 촬영해서 싣거나, 광주 미용인들이나 숍을 취재해 싣는 것이었다. 매달 지방 미용인들을 선정해서 날짜를 맞추고 작품을 촬영하는 게 힘들었지만 지방 미용인들과 만나 소개할 수 있었으니 보람도 컸다. 미용인들의 정을 확인하는 기회이기도 했다. 출장 마지막 날 저녁에는 정이 들어 대취하는 게 다반사였다.

1990년 후반 광주 특집 촬영 중 광주 한울이미용실을 찾았다(당시 한울이미용실의 명성은 자자했다). 숍 안에 머리카락을 이용한 작품이 전시되어 있었고 기자는 감탄을 금치 못했다. '머리카락으로 예술작품을 만들 수 있구나.' 처음 보는데도 필이 꽂혔다. 당시 화가들과 교류하던 기자는 머리카락을 이용한 작품이 예술이 될 수 있음을 직감했다. 숍을 취재하고 저녁밥으로 대나무통밥 식사를 하면서 많은 얘기를 나누었는데 남도의 품위와 멋을 읽을 수 있었다.

광주의 미용명소 한울이미용실

그 후로도 김진숙 명장과는 적지 않은 대화를 가질 수 있었다. 김진숙 명장이 대한미용사회중앙회 부회장과 각종 위원장을 맡으면서 서울에서도 종종 만날 수 있었다. 특히 따님인 손진아 양이 국가대표로 발탁되고 뛰어난 성적을 올리면서 더 자주 볼 수 있는 기회가 있었다. 손진아 양은 국제적인 미용인으로 성장해 미

국 시카고에 있는 피봇포인트의 국제강사로 활약하기도 했다. 지금은 귀국해 대학에서 학생들을 가르치고 있다. 그 어머니에 그 딸이라고 말할 수 있겠다.

김진숙 명장을 높게 평가하는 이유는 인품은 물론이려니와 고전머리, 헤어아트에서 뛰어난 실력을 보인다는 것이다. 그 중에서도 '헤어아트' 부문에서는 타의 추종을 불허한다. 예술의 한 분야로 '헤어아트'를 만든 주인공이 김진숙 명장이기 때문이다.

김진숙 명장의 '헤어아트'에 더 심취할 수 있었던 기회는 2012년 10월 광주의 한국미용박물관(관장 이순) 개관 4주년 기념 특별전으로 열리고 있는 김진숙 명

장의 〈꽃의 노래〉를 관람하는 자리
였다.

이 전시회에서 김진숙 명장은 30
여 점의 헤어아트 작품을 선보였는
데 모든 작품이 공예의 수준을 넘어
예술의 경지에 이르고도 남음을 목
도하였다. 놀라움 그 자체였다. 미
적 가치만을 따져보더라도 유화만
큼 뛰어나며 그 이상이라 해도 무방
했다. 그때 김진숙 명장과 많은 얘
기를 나누었다. 그 중 생각나는 게
'헤어아트'를 미술의 한 분야로 정착
하기 위해서는 미술인, 미술평론가
와의 교류도 중요하며 특히 미용인
에게 보급하고 전수하는 데 힘써야
한다는 말이었다.

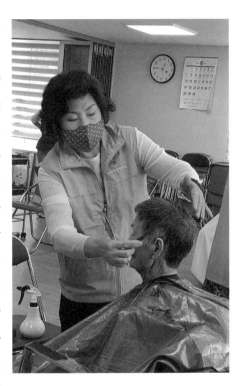

헤어아트는 미술의 한 분야

김진숙 명장은 헤어아트를 미용인들에게 알리는 데 힘쓰고 있다. 대한미용사
회중앙회에서 주최하는 대회에 헤어아트 부문을 만들어 기자를 심사위원으로 참

여시키기도 하고, 본인이 직접 명장전을 열어 헤어아트 보급에 열정을 쏟고 있다.

특히 2018년 8월 8일부터 14일까지 인사동 CJ 광주전남갤러리에서 주옥 같은 헤어아트 작품 30여 점을 전시한 〈미용에서 예술을 보다〉전은 미용인은 물론 일반들에게까지 헤어아트의 참맛을 알게 했다.

기자는 이날 전시회를 관람하고 흥에 겨워 김진숙 명장을 비롯, 몇 분과 더불어 뒤풀이를 가졌고 어김없이 필름이 끊긴 채 귀가했다. 다음 날 우리집 식탁에는 꼬깃꼬깃해진 비닐봉투에 전시회에서 받은 명장님 작품이 새겨진 도자기 머그컵이 그대로 놓여 있었다는 것이다. 얼마나 소중하게 여겼으면 술에 취해 몇 시간 동안 인사동을 헤맸으면서도 작품이 새겨진 머그컵을 집에까지 가져왔겠는가 말이다.

김진숙 명장은 늘 바쁘다. 헤어아트 창시자로서 헤어아트를 가르치고 전수하는 데 힘쓰고 있으며 대한민국 미용명장 1호, 중앙회 부회장과 기술분과위원장, 홍보위원장을 거쳐 지금은 중앙회 기술강사로 열일을 하고 있다. 또 대학에서 후학을 가르치는 데도 힘을 쏟고 있다. 올해 1월부터는《뷰티라이프》에 〈김진숙 명장의 업스타일〉을 연재해 폭발적인 반응을 얻고 있다. 그런 바쁜 삶에서도 종종 통화하고 이런저런 일들을 상의하고 있으니 이보다 고마운 일이 어디 있으랴.

김진숙 명장 프로필

- 미용예술학 박사
- 대한민국 미용명장 1호
- 한울이미용실 대표
- 김진숙헤어아트 연구소 소장

작품
- 1997년 광주비엔날레 〈미술과 헤어의 만남〉 발표
- 2018년 인사동 〈미용에서 예술을 보다〉 헤어아트 전시회 외 50여 회 전시 및 해외전시 다수
- 1987년부터 2014년까지 미스코리아 선발대회 및 각종 미인대회 진선미 등 80여 명 이상 배출
- 1985년부터 2008년까지 기능올림픽 지방대회 및 전국대회 금은동 수상자 배출, 대한미용사회
  도지사배, 시장배 및 중앙회장배에서 헤어쇼 다수
- 1980년부터 현재까지 전국기술강사로 활동

미용 재교육의 성역을 쌓다

권홍 권홍아카데미 대표

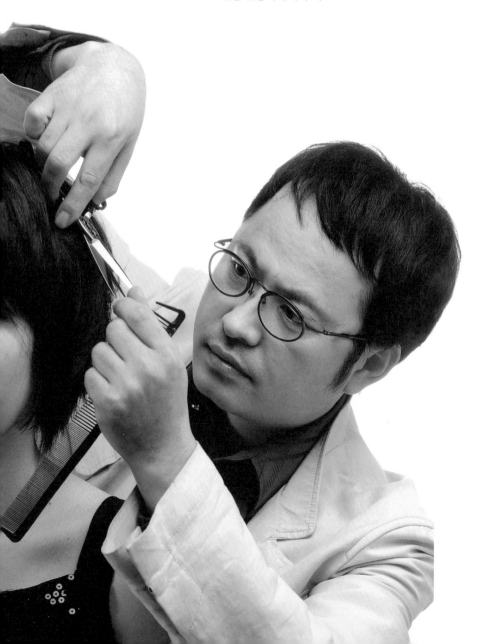

시골내기의 성공학

— 권홍 대표

미용은 과학이며
수학이라고 믿는 사람이 있었다
전통의 도제교육을 넘어
교수법을 통해 체계적인 커트를 선보였다
전라도, 촌스런 사투리로 미용교육에 불을 질렀다
미용교육은 탄탄한 기초 위에 실전에서 쓸 수 있어야 한다고
가르치고 가르쳤다
제자들은 그를
신의 손이라고 추켜세웠다
그러나 그는 손사래를 칠 뿐이었다
하느님의 영광이 있을 뿐이라고 했다
남들이 유행 커트로 돈을 벌 때에도
그는 우직하게 기본 커트를 강조했다
참으로 촌스런 가르침이었지만
제자들은 그를 믿었고
마침내 한 세계를 만들어냈다
그가 교육하는 것은 기술이 아니었고
사람 사는 방법이라는 걸 아는 데는
많은 시간이 필요하지 않았다
지금도 그는
가위질 연습,
효과적인 커트 교육법을
연구하며 계발하고 있을 뿐이다
하느님 은총으로
모든 게 이루어진다고 믿으며
촌스럽게 촌스럽게
자기만의 길만 개척하고 있을 뿐이다

유학파 출신, 미용 재교육바람 일으키다

　권홍 대표를 처음 만난 건 1999년 7월 현재《뷰티라이프》를 창간하고 난 직후
였다. 당시 권홍 대표는 일본 동경미용전문학교와 영국의 비달사순과 토니앤가
이를 수료하고 국내에 들어와 있는 열정이 넘치던 유학파 미용인이었다.

　《뷰티라이프》창간 당시 기자는 미용계에 새로운 바람을 불러일으키고자 했
다. 그때 생각했던 것이 유학파 미용인을 활용해 커트나 염색, 업스타일 등을 잡
지에 연재 식으로 싣는다는 복안을 갖고 있었다. 그 후 처음 만난 유학파 출신 미
용인이 권홍 원장이었다.

처음 만났을 때 그는 패기가 넘쳐 있었지만 말투에서 촌스러움(?)이 배어 있었다. 그러나 그게 더 호감이 가는 요인이 되었다. 역시 전라도 촌 출신인 기자는 말만 멋들어지게, 유창하게 구사하는 사람을 경계한다. 그들은 사람을 현혹하는 재주는 있어도 믿음을 주지는 못한다.

커트 연재를 권홍 원장에게 부탁했고 그는 흔쾌히 받아주었다. 표지를 앞, 뒤 두 가지로 만든 창간호부터 《뷰티라이프》는 미용계에 신드롬을 불러일으켰다. 발행 6개월 만에 미용계를 평정했다. 새로운 시각으로 공부하는 미용잡지를 만들려는 시도가 통했고, 그 중에서 체계적으로 공부할 수 있는 '연재' 꼭지는 선풍적인 인기를 끌며 미용잡지의 전형이 되었다. 선진 미용을 체계적으로 배웠으며 도해도까지 곁들인 교수법이 미용인들의 배움에 대한 갈증을 풀어준 결과였다.

2000년 권홍 원장이 권홍아카데를 열었고, 그해 7월부터 시작했던 〈권홍 커트〉 연재는 지금까지 꾸준하게 이어오고 있다. 《뷰티라이프》에 많은 연재 꼭지가 있지만 지금까지 빼먹지 않고 이어진 연재는 〈권홍 커트〉가 유일하다. 권홍 원장이나 기자는 한번 믿으면 끝까지 밀고나가는 뚝심을 지닌 공통점이 있었다. 《뷰티라이프》가 중국에 진출했을 때에는 권홍 원장의 커트 연재 꼭지가 중국 미용인들에게는 베스트 교재가 되어 있었다. 그들은 권홍 원장의 커트 연재를 복사해 강의 교재로 쓰고 있었다.

권홍 원장과의 관계는 권홍 원장이 〈권홍아카데미〉를 창업하면서 더욱 돈독하게 이어졌다. 권홍아카데미는 미용 재교육기관으로 설립되면서 선풍적인 인기를 끌었고 2000년대 이후 미용 재교육기관이 우후죽순으로 생겨나는 토대를 만들었다. 미용 재교육기관이 많을 때는 전국적으로 30여 곳 이상으로 늘었고 쇠락을 거듭했다. 지금은 몇 군데만 명맥을 유지하고 있는 실정인데 권홍아카데미만이 발전에 발전을 거듭하고 있다.

〈권홍 커트〉 쉽게, 빠르게, 정확하게

언젠가 권홍 원장과 미용교육의 현황과 미래에 대해 의견을 나눈 적이 있는데 그의 교육철학은 쉽게, 빠르게, 정확하게 가르친다는 데 있다고 말했다. 기자는 그의 의견에 100% 동조했고 실전에서 쓸 수 있는 교육의 중요성을 말했다. 권홍 아카데미가 유일하게 성공할 수 있었던 이유는 시류에 편승하지 않고 자신만의 교육관을 끊임없이 유지하는 뚝심 때문이라고 믿고 있다. 그런 그이기에 기자는 재교육기관을 추천해달라는 많은 미용인들의 물음에 망설임 없이 권홍아카데미를 추천했던 것이다.

권홍 원장과 관련하여 〈뷰티라이프사랑모임〉을 얘기하지 않을 수 없다. 〈뷰티라이프사랑모임〉은 2001년 정식으로 결성되었다. 1999년 7월호로 《뷰티라이프》를 창간하고 2001년 10월에 중국 해남도로 〈뷰티라이프 유명미용인 초청 해외미용 특강〉을 일주일 동안 열었다.

당시 초청 강사로는 대한미용사회중앙회장을 역임한 최영희 회장을 비롯, 전덕현 원장, 엘리지리 원장, 고혜숙 원장 등등 국내에서 내노라하는 미용인들이었다. 해외 유명 관광지에서 미용 공부를 하며 친목을 다지는 데는 최고의 일정이었다. 그 후 1년에 한번씩 나라를 바꿔가며 행사를 이어갔는데 송부자, 김교숙, 권홍, 찰리 정, 김동분, 이복자, 김선녀, 유단군, 한성진, 하성기, 권오혁 등등 국내 초특급 강사들이 특강을 해주었다.

　이런 좋은 모임을 국내에서도 계속하자는 의견이 많아 2001년 해외미용 특강 초청 강사들과 참여했던 미용인들이 강남의 한 호텔에서 모여 〈뷰티라이프사랑 모임〉을 만들었고, 그 모임을 오늘날까지 이어오고 있다. 어쩌면 미용계에서 정기모임을 하며 무료 강의를 20년째 지속하는 유일한 모임일지 모른다. 정기모임 때 가장 많이 특강을 해준 강사는 송부자, 전덕현, 권홍 원장을 들 수 있겠다. 권홍 원장의 강의는 어눌한 말투에 배어 있는 미용에 대한 열정과 순수함이 좋다고 강의를 들은 회원들은 말했다.

〈권홍글로벌 미용대안학교〉 설립

　권홍 원장은 하는 일이 많다. 2000년 〈권홍아카데미〉를 설립한 이래 4만 명 이상의 교육생을 배출했고, 2002년도에는 부산과 대전에도 분원을 만들었다. 2005년도부터는 소형 미용실을 겨냥한 기술가맹점을 운영하고 있으며, 2010년부터는

〈권홍헤어〉체인점 사업도 병행하고 있다. 이뿐만이 아니다. 2013년에는 〈뷰티SES 방송국〉을 오픈해 8년 동안 무료 방송을 하고 있다. 2015년도의 만능 클리닉 제품 '예츠하자임' 출시에 이어 2019년에는 '예츠'를 출시하여 보급하고 있다.

또한 20여 년 전 런던 비달사순의 정규과정을 수료했던 경험을 살려 런던 본교 1, 2주 디플로마 과정도 더불어 진행하고 있다. 그러나 무엇보다도 권홍 원장이 공을 들인 사업은 2019년 1월 2일 개교한 〈권홍글로벌 미용대안학교〉다. 권홍글로벌 미용대안학교는 멀지 않은 미래에 한국뿐 아니라 세계의 헤어트렌드를 선도할 인재들을 발굴한다는 취지에서 설립했다.

권홍 원장은 독실한 기독교 신자다. 술도 잘 마시지 않아 얘기할 때 차 몇 잔, 저녁밥이 전부다. 그렇더라도 미용계에서 이만한 역량으로 초심을 잃지 않고 교육에 열중하고 있는 그를 바라보고 있노라면 믿음직한 마음이 앞선다. 권홍 원장이 외국에서 유학을 마치고 돌아오고 기자가 막 새로운 잡지를 만들고자 했을 때, 서로 미용계를 위한 일에 힘을 합치자고 의기투합했던 때가 엊그제 같다. 이제 그는 묵묵히 자기 길을 개척해 한국미용 재교육 역사에 새 장을 쓰고 있으며 기자는 잡지를 창간해 23년째 운영해오고 있다. 미용계 이만한 인연이면 좋은 인연 아닌가? 오늘은 그에게 전화해 못 먹는 막걸리라도 몇 잔 같이 마셔야겠다.

권홍 대표 프로필

- 영국 비달사순 수료
- 영국 토니앤가이 수료
- 일본 동경미용전문학교 졸업
- 일본 토니앤가이 수료
- (사)국제IBS커트협회 회장
- (사)아름다운동행 칼럼 연재
- 청년진로 컨설턴트
- SBS, MBC, CBS, 극동방송 방송 출연
- 직장예배자사역운동 운영이사
- 전 국민대, 전주대 겸임교수
- 스마일모델 선발 심사위원
- 뷰티디자인엑스포 운영위원
- KOSTA 강사
- 『약속』 출간

- 권홍아카데미 대표
- 권홍헤어 체인점 대표
- 아름다운동행 운영이사
- 뷰티SES방송국 운영이사
- 글로벌 미용대안학교 교장

헤어스케치의 영역을 구축하다

김선녀 미용미술위원회 위원장

선녀는 하늘나라에서 왔다
— 김선녀 위원장

먼 옛날 하느님께서
한 선녀를 지상에 내려보냈다
그때 붓 한 자루와 맑은 목소리를 주었다
선녀는 옷을 벗어놓고 목욕은 하지 않고
사람들에게 헤어스케치를 가르쳤다
머릿결과 두상을 아는 데는 스케치가 최고라고 말했다
가끔은 고운 목소리로 멋들어지게 노래도 불렀다
맑은 목소리마냥 마음씨도 맑고 깨끗했다
제자들은 선녀의 가르침을 믿고 따랐다
불모의 땅에서 헤어스케치가 한 파를 이루었다
그들은 어디에서나 당당했고 유쾌했다
그들이 지나간 자리에는 언제나 웃음꽃이 만발했고
그 여파는 골목마다 퍼져나갔다
벗어놓은 옷이 없었기에 그들은
선녀가 하늘나라로 돌아갈 일이 없다고 생각했고
지금도 선녀를 알아보지 못하고 있는 사람들에게
그녀가 날개를 감춘 하늘나라 선녀라는 걸
그리고 그리면서 보여주고 있을 뿐이다
믿음은 당신들 몫이라면서…

헤어스케치계의 독보적인 존재

  김선녀 위원장을 말하기에 앞서 호칭을 무어라고 할지 정하는 게 좋겠다. 김선녀 위원장은 대한미용사회중앙회 미용미술위원회(일명 헤어스케치)의 위원장을 비롯, 대한미용사회중앙회 관악구지회 지회장, 중앙회 이사, 한국미용장협회 미용장, 숙명여자대학교 미용산업최고경영자 과정 초빙교수 등 굵직한 직함만도 여러 개여서 더욱 그렇다.

  여기에서는 기자가 즐겨 부르는 '위원장'이라 칭하기로 한다. 물론 김선녀 위원장께 평소 어떻게 부르는 게 좋으냐고 물어본 적이 없다. 기자는 김선녀 위원장에

게 평소 "아이고 우리 위원장님이시자 회
장님이시자 교수님"이라고 농담반 진담반
으로 말을 걸기 때문이다. 그럴 때마다 "아
이고 우리 대표님이자 국장님"이라고 김선
녀 위원장은 맞받아치는데 그 모습이 마치
교복 입은 소녀 같다.

김선녀 위원장을 처음 만난 건 미용계
에 막 입문한 1996년경였다. 당시에 숙명
여자대학교 사회교육원 미용산업최고경
영자 과정에 헤어스케치 전문가 양성 과정
이 생기고 김선녀 위원장은 그때 수강생이
었던 것으로 기억한다. 1990년대 중반 숙
대 사회교육원 내에 미용인을 위한 경영자
과정이 개설되면서 국내 대학에서 평생교
육 개념으로 미용 과정을 많이 개설하던 시기였다. 그 중 헤어스케치 전문가 양성
과정은 숙대에서 처음 개설되었는데 실기와 이론을 접목할 수 있는 드로잉 기법,
고객상담 기법 등 미용실 경영자들이 알아야 했던 다양한 교육을 통해 인기를 끌
었다.

김선녀 위원장은 숙대 헤어스케치 전문가 양성 과정을 맡아 이끌었고 헤어스
케치 분야에서는 타의 추종을 불허했다. 그 공을 인정받아 나중에 대한미용사회
중앙회의 미용미술위원회 위원장을 맡아 지금까지 이끌어오고 있다. 헤어스케치
하면 김선녀란 이름이 떠오를 정도로 독보적인 위치를 구축하고 있다.

헤어스케치 행사 때마다 초청해 추억 공유

숙대와 중앙회에서 헤어스케치를 가르치고 후진을 양성하는 김선녀 위원장과 많은 대화를 나누었고, 아직 열악한 헤어스케치를 미용인들에게 알리고 헤어스케치를 공부해야 해야 하는 이유를 알리는 데 힘쓰자고 약속했다. 그리하여 기자가 《뷰티라이프》를 창간하고 헤어스케치를 잡지에 연재하기 시작했다. 이때가 2000년 6월호였다.

헤어스케치 팀은 해마다 단합대회와 송년회를 치르면서 팀원 간에 정을 끈끈하게 이어갔고 기자는 그때마다 매번 초청되는 영광을 안았다. 지금도 잊을 수 없는 것은 강원도 속초로 여름캠프를 함께 떠난 해였다. 앞서도 말했지만 헤어스케치 팀원들은 어느 모임보다도 유쾌했다. 팀을 나눠 바닷가 모래사장에서 씨름대회를 열었는데 대취한 기자는 여자 팀원들에게 연전연패했다. 내동댕이쳐진 기자를 떼로 모여 들쳐메고 바닷물 속에 빠트렸던 추억이 지금도 새롭다.

2016년 8월 말일에는 헤어스케치 팀의 제주도 1박 2일 워크숍에도 함께했는데 그 많았던 제주도 여행에서 체험하지 못한 다양한 경험을 했다. 역시 여행은 맘에 맞는 사람들과 함께할 때가 최고라는 어느 여행가의 말이 맞는 것 같다.

그러나 그 무엇보다 뿌듯했던 기억은 2015년 3월 31일 동대문디자인플라자에서 열렸던 〈헤어일러스트레이션과 15인의 공감 -봄으로의 초대〉전을 함께했다는 사실이다. 헤어스케치 전시회를 많은 사람들이 볼 수 있는 장소에서 하고 싶다는 김선녀 위원장의 말씀에 동대문디자인플라자를 추천했고 우여곡절 끝에 동대문디자인플라자 국제회의장으로 전시장이 결정됐다. 동대문디자인플라자 국제회의장은 그 규모 면에서 너무 컸고 전시 준비 기간도 촉박했지만 김선녀 위원장의 결단과 팀원들의 단합으로 어느 전시보다도 성대하고 훌륭하게 치러졌다.

성공적인 〈헤어일러스트레이션과 봄으로의 초대〉전

불가능하게만 여겨졌던 동대문디자인플라자 국제회의장에서의 성공적인 전시는 암시하는 바가 크다. 무엇보다도 리더의 철학과 그를 따르는 팀원들의 인간적인 신뢰 관계가 중요하다. 헤어스케치 팀은 그때 전시회를 통해 이를 잘 보여줬고 덕분에 그들은 가슴속에 남을 전시회를 열 수 있었던 것이다.

전시회에 앞서 도록을 김선녀 위원장과 함께 직접 만들었고, 캘리그라피는 스케치 팀원들의 작품을 더욱 빛나게 해주었다.

이날 행사를 《뷰티라이프》에 "이 행사는 미용미술위원회 김선녀 위원장과 함께 준비한 15명의 강사들이 미용을 아끼고 사랑하는 모든 사람들에게 스케치 드로잉의 본질을 조금 더 가까이 알리고자 하는 마음이 내포된 헤어일러스트레이션 작품 50점, 헤어스타일 작품 30점, 캘리그라피 작품 30점을 전시관 곳곳에 자리해 관객들의 뜨거운 반응을 받았다. 이번 전시회 개최는 헤어스케치는 물론이고 미

용인의 위상을 높이고 긍지를 고취시키는 좋은 본보기가 되었다"고 보도했다.

　김선녀 위원장은 배움에 있어 남다른 열정을 보여준다. 바쁜 시간에도 틈을 내 악기를 배우고 있는데 그 실력이 자못 궁금하기만 하다. 언젠가 멋지게 연주하는 모습을 볼 수 있을 것이다. 이뿐만이 아니다. 원광디지털대에 입학해 '인상학'을 배우고 있은 지 벌써 4년째다. 배움만큼 사람을 행복하게 하는 게 없다는 말이 있기는 하지만 김선녀 위원장의 배움에 대한 열정은 끝이 없는 듯하다.

　아름다운 목소리 마냥 선한 인상을 가지고 헤어스케치 보급에 힘쓰고 있는 김선녀 위원장, 오늘은 핑계거리를 마련해 노래방이나 가자고 할까보다.

김선녀 위원장 프로필

- 대한미용사회중앙회 관악구지회 지회장
- 숙명여자대학교 미용산업 최고경영자 과정 초빙교수 역임
- 전) 안산공과대학 뷰티과 외래강사
- 이대 사회교육원 헤어아트 과정 외래강사
- 숙대 헤어스케치 전문가 과정 주임교수 역임
- 대한미용사회중앙회 9기 기술강사
- 대한미용사회중앙회 1기 헤어스케치 강사
- 대한미용사회중앙회 미용미술분과위원회 위원장
- 대한미용사회중앙회 이사
- 한국미용장협회 미용장
- 현재 〈김진선헤어〉 원장
- 『김선녀의 일러스트레이션』 1, 2권 출간

전시회
- 2005년 숙명여자대학 미용산업과정 일러스트 전시회
- 2014년 일러스트 전시회 및 헤어스케치쇼
- 2015년 3월 동대문디자인플라자 헤어일러스트 전시회
- 대한미용사회중앙회 iKBF 대회 헤어스케치쇼
- 한양예술대전 헤어스케치 전시회

한국미용의 위상을 세계에 드높이다

김동분 전 상임국제위원장

위원장이 된 소녀
― 김동분 원장

소녀가 있었다
가녀린 몸매, 수줍음을 달고 있는 입매
국가대표급 미용 실력은
그녀를 세계로 내몰았고
소녀는 당당하게 맞섰다
세계의 내노라하는 헤어아티스트들이
그녀에게 다가왔다
그녀는 자만하지 않았고
한국적인 섬세한 기교로 그녀의 세계를 창조했다
그녀의 손끝은 가벼웁게 떨렸고
그것은 아름다운 떨림이었다
많은 사람들이 그녀의 작품에 감탄하고 있는 사이
소녀에서 국제위원장이 된 그녀는
새로운 세계를 창조하러
자기만의 방을 만들었다

그녀의 방안을 엿보려하지 마라
수도승의 까까머리처럼 빛만 발하고 있을 뿐이니

워싱턴대회 때 첫 만남

　김동분 원장을 처음 만난 때는 1996년 미국 워싱턴대회였던 것으로 기억한다. 지금으로부터 25년 전의 일이니 까마득한 옛 일이 되었다. 국내에서는 잘 모르고 있다가 워싱턴대회를 마치고 교류하게 되었다. 지금도 김동분 원장은 앳된 모습을 지니고 있지만 그때는 더 여리고 가냘픈 체구였다.

　당시 화곡동에서 미용실을 운영하였는데 기자는 취재 겸 탐방 차 몇 번 방문했었다. 함께 식사를 하며 앞으로의 계획이나 미용실 운영을 어떻게 할 것이냐는 등의 얘기를 많이 나누었는데 수줍은 모습 속에서도 당찬 마음을 읽을 수 있었다.

그 후로 파리 MCB대회 때 몇 번 더 취재를 할 수 있었다. 그때마다 자신을 앞세우기보다는 동료를 먼저 생각하고 남을 위하는 마음을 여러 번 느낄 수 있었다. 이후로 김동분 원장은 세계대회 및 MCB대회에서 좋은 성적을 연이어 냈다.

그런 김동분 원장이 2000년 어느 날 영국으로 홀연히 유학을 떠났다. 많은 사람들이 의아해했지만 기자는 어느 정도 그 마음을 이해하고 있었다. 당시 한국미용은 기초에 대한 중요성을 알기 시작하던 때였고 비달사순아카데미 입학은 기초를 다지고 짚어보는 데 큰 의미를 지니는 것이었다. 비달사순아카데미 전 과정을 마친 것도 일을 시작하면 끝을 보고야 마는 김동분 원장의 의지 때문이었다고 생각한다.

2001년 여름 어느 날, 영국 유학을 마치고 귀국한 김동분 원장을 기자는 화곡동의 한 일식집에서 다시 만났다. 영국 유학 얘기나 듣자며 만난 자리였지만 실은 막중한 임무(?)를 띤 자리였다. 2001년 7월 대한미용사회중앙회장은 하종순 전 회장이 4선 도전에 나섰다가 강경남 회장에게 패한 때였다. 하종순 회장은 중앙회장을 3선 연속으로 재임하고 세계적인 미용인들과도 친분이 두터웠다. 새롭게 출범한 강경남호는 세계대회에 나갈 선수 발굴에도 힘써야했지만 무엇보다도 세계 미용계를 좌지우지하고 있던 OMC(세계이미용협회)와도 친분을 가져야 했다.

기자는 강경남 회장께 영국 유학을 마치고 돌아온 김동분 원장을 적극 추천했고 강경남 회장은 의사를 타진해보라는 부탁을 했다. 김동분 원장을 만나 오랜 설득 끝에 국가대표 트레이너를 맡기로 하고 강경남 회장과의 만남을 성사시켰다.

미용인 최초로 대통령상 수상

김동분 원장의 국제적인 기술력과 인맥이 빛을 발하는 순간이었다. 강경남 회장은 김동분 원장을 국가대표 트레이너로 임명했고 김동분 원장은 국가대표를 맡아 그 실력을 유감없이 발휘했다.

국가대표 트레이너가 된 김동분 원장은 강경남 회장에 이어 최영희 회장이 봉직하고 있을 때까지 상임국제위원장으로서 우리나라 국가대표가 세계 최초로 세계대회 4연패를 이루는 등의 업적을 쌓았다. 이는 국가대표를 한 경험과 국제트레이너로서의 국제기술 습득과 폭넓은 인맥, 최영희 전 회장의 전폭적인 지지 등이 조화를 이뤄 만들어낸 쾌거였다.

지난 2000년대 중반 프랑스 MCB대회 때 경기장을 내달리는 한국의 한 미용인을 세계 곳곳에서 모인 미용인들이 흥미로운 듯이 지켜보고 있었다. 경기에 출전한 한국의 국가대표 선수가 깜빡하고 헤어스프레이를 경기장 밖에 두고 온 것이다. 사색이 된 선수는 허둥대기 시작했고 이를 간파한 김동분 트레이너가 시간에 맞게 스프레이를 가져다주려고 100미터 선수처럼 경기장으로 달려간 것이다.

김동분 원장은 체력이 약한 편이다. 2004년 〈뷰티라이프사랑모임〉에서 '유명미용인 초청 해외미용 특강'을 베트남 호치민에서 개최한 적이 있다. 기자는 주저

없이 김동분 원장을 강사로 초청했고 김동분 원장은 두말없이 응해주었다. 번번한 대접도 없이 강사로 모셨지만 시간을 내준 김동분 원장께 미안한 마음만 가지고 있었을 뿐이다.

그때 김동분 원장은 보트 체험을 하며 말했다. "나는 베트남 체질인가 봐요. 이렇게 따뜻한 날씨가 내 체질에 제격이에요. 나 여기서 살까 봐요." 상대방을 배려하며 괜찮다는 말을 이렇게 우회적으로 표현하는 이를 어떻게 존경하지 않을 수 있겠나.

김동분 원장은 현재 중앙회 국제상임위원장을 내려놓고 서정대학교 뷰티아트과 부교수로 일하고 있다. 한국미용의 위상을 발판삼아 K-beauty를 선도하는 미용인들이 세계로 진출할 수 있도록 돕고 싶은 마음뿐이라고 한다.

지난 2008년에는 한국미용을 세계에 알리는 일과 미용기술 발전을 위해 혼신의 노력을 기울인 공을 인정받아 미용계 최초로 대통령상을 받기도 했다. 그때 누구보다도 기뻤다. 김동분 원장의 마음씨와 인간성을 알기에 더욱 그랬다.

세계대회 4연패의 전무후무한 기록

김동분 원장은 국가대표 선수로, 국가대표 트레이너로 많은 업적을 남겼다. 특히 국가대표 선수들을 이끌고는 세계대회 4연패라는 전 세계 전무후무한 기록도 쌓았다. 국가대표 선수들을 이끌고 좋은 성적을 거둘 때마다 한국대표의 작품은 세계 미용인들을 놀라게 했다.

어느 날 기자는 김동분 원장께 제안을 했다. 세계대회에 출전하여 좋은 성적을 거둔 국가대표의 작품을 《뷰티라이프》 표지로 사용하자는 것이었다. 《뷰티라이프》는 연예인들을 표지로 싣고 있지만 국가대표의 작품은 연예인 못지않게 중요하다고 생각했기 때문이다. 아니 미용계에서는 연예인보다 파급효과가 크다고 믿었다. 이렇게 국가대표의 작품이 표지를 몇 번 장식하자 미용계의 호응도 무척 컸다. 국가대표 선수들이 연예인 급으로 신분 상승을 한 것이다.

가녀린 몸매, 누가 옆에서 고함이라도 칠라치면 금방 울음을 터뜨릴 것 같은 모습으로 많은 파고를 이기고 한국미용을 세계 최강으로 이끈 공로자로 부각한 김동분 원장은 한국미용인이 왜 대단한지에 대한 해답을 알려주고 있는 주인공이다.

대한미용사회중앙회 전 상임국제위원장으로, 대학에서 후학들을 가르치는 미용과 교수로, 김동분 원장이 보여주는 행보는 한국미용의 위상을 높이고 있다.

김동분 원장 프로필

- 헤어팰리스 경영
- 에스엠코스메틱 상임 고문
- 사) 대한미용사회중앙회 기술강사
- 서정대학교 뷰티아트과 부교수

수상

- 1996년 8월 미국 워싱턴 Hair World Championship대회 국가대표 출전
- 1997년 6월 그리스 아테네 유럽챔피온십대회 Hair by Night 3위
- 1997년 10월 프랑스 파리 Mondial Coiffure Beaute대회 종합 8위
- 1998년 4월 오스트리아 비엔나 Austria Hair Congress 대회 종합 7위, Consumer 3위, Hair by night 5위
- 1998년 5월 독일 베를린 유럽컵대회 Consumer 3위
- 1998년 4월 네덜란드 암스테르담 Grand Prix Van Nederland Tulip대회 Total Classification Ladies Hairstyling 종합 5위, Consumer Fashion 3위, Hair By Night 5위
- 1998년 9월 대한민국 서울 '98헤어월드 챔피언십 종합 5위, Hair by Night 7위
- 2008년 9월 대한민국 제17대 대통령상 표창(소상공인)
- 2013년 5월 OMC세계(살바토레)회장 공로패 수상
- 2012년 10월 세계월드챔피온십 omc협회 공로상 수상
- 2014년 6월 대한미용사중앙회 트레이너 공로상 수상

Part II
Blue

서울의 미용 수도, 강남을 넘어서

송영숙 강남미용지회 회장

작은 거인 미용사가 있다
— 송영숙 강남지회장

쪼까만 사람이 한 명 있었다
다부지고 야무지게 생겼다고 사람들은 말했다
어릴 적부터 머리 회전과 손놀림이 예사가 아니었다
동네사람들은 여검사나 판사가 될 거라고 예견했다
그러나 소녀는 사람들을 예쁘게 하는 걸 좋아했다
아카시아 잎을 떼어낸 줄기로 머리를 볶아주었고
동동구리모로 화장을 해주었다
학교를 마치고 부잣집 소녀는 당차게 미용을 공부했다
사람을 아름답게 하는 것이 소명이라고 말했다
쪼까만 체구에서 넘치는 에너지를 발산했다
미다스의 손이 되어갔다
앙증맞은 미소는 덤이었다
손님들은 그녀를 찾았고
그녀는 마침내 서울의 수도, 강남을 접수했다
강남의 한 미용실에는
높은 사람의 머리까지도 죽였다 살렸다 하는
쪼까만 몸집의,
얼굴과 미소가 아름다운 한 미용사가 있다

겉은 부드러우나 속은 강하다

만나는 이를 편안하고 즐겁게 해주는 사람이 있다. 포근한 미소로 상대방을 무장 해제시키는 것은 물론이고 마치 오랜 동안 만나온 사람처럼 느껴지는 사람. 얘기 도중 천진난만하게 웃는 모습은 마치 교복을 입고 시골 해질녘 들녘 길을 걸어나오는 소녀와 같은 착각을 불러오기에 충분하다.

그렇다고 만만하게 봐서는 안 된다. 일에 대한 열정이나 미용에 대한 자부심은 외모에서 풍겨오는 부드러움을 넘어 카리스마까지 느끼게 하기에 부족함이 없다. 부드러우나 내면에서 우러나오는 결기가 대단하다. 대표적인 외유내강형. 송영숙 강남지회장을 곁에서 지켜본 소회다.

송영숙 강남구지회장과는 시나브로 인연을 맺게 됐다. 지금은 중국에서 미용을 하며 명성을 날리고 있는 전덕현 원장이 강남지회장을 하고 있을 당시, 송영숙 원장은 임원을 하고 있었고 전덕현 회장과 함께 간간이 어울렸던 기억이 난다. 당

시 전덕현 회장은 강남구지회장으로 있으면서 중앙회 부회장직도 동시에 맡고 있었고, 우리 미용계의 앞날을 짊어질 최우량주로 꼽히고 있었다. 《뷰티라이프》에 커트를 연재하는 전덕현 회장과 많은 대화를 나눌 수 있는 기회가 있었다. 지금 생각해도 그때가 그립다.

그때 강남구지회는 전덕현 회장이 개인사로 회장직을 내려놓으면서 부회장으로

있던 '서희드팜므' 미용실을 운영하던 김정순 원장이 2008년 11월부터 임시 회장을 맡고 있었다. 강남구 9대 회장이었다. 그러고는 2010년 5월에 강남구 10대 회장 선거가 있었다. 김정순 회장과 부회장을 맡고 있었던 송영숙 원장과의 맞대결 구도였다. 김정순 원장은 회장직에 큰 매력을 느끼지 못하고 있는 것 같았는데 여러 이유로 입후보하게 되었고, 송영숙 후보는 서울의 미용 수도라 불리는 강남구의 변화와 혁신을 꿈꾸고 있었다.

그때 김정순 원장과 저녁을 같이할 기회가 있었다. 그는 '1년 몇 개월 동안 원치 않게 회장 일을 수행했는데, 이번에 3년 임기의 회장직을 제대로 마치고 다음에는 후배에게 양보하겠다'는 뜻을 전했다. 그 마음이 진정으로 여겨져 기자는 다음날 송영숙 후보를 만났고 그 뜻을 전했으나 송영숙 후보는 단호하게 거절했다.

송영숙 후보 측에서는 처음에 기자를 오해하기도 했다. 그럴 만도 했으나 결국 모든 오해는 풀렸고 선거에서 송영숙 후보는 승리했다. 역시 인생은 타이밍이었다. 2010년 5월 송영숙 회장은 강남구 10대 회장으로 취임했다.

'KBM美산악회' 창단으로 화합 이루다

회장 당선 후 송영숙 회장은 강남구지회의 변혁에 많은 공을 세우고 있다. 기술강사들을 초청해 강남구 미용인들을 위한 세미나를 개최하여 회원들의 기술 향상을 도모함은 물론이고 무료 미용봉사를 실시해 미용인들의 자긍심 고취와 미용인의 위상 강화에도 힘쓰고 있다. 송영숙 회장은 강남지회장으로서 뿐만 아니라 서울시협의회 연합회장으로서도 서울시장배 미용경기대회를 성공적으로 치러 그 명성을 널리 알리기도 했다.

지난 2010년 10월에는 'KBM美산악회'를 창단하기도 했다. KBM美산악회는 미용인의 건강과 화합을 목적으로 창단했다. 매월 둘째 주나 셋째 주 일요일에 미용인들이 모여 산행을 하는데 100회 이상을 해왔다. 대단한 일이 아닐 수 없다. 기자는 해마다 창단 기념 산행 때 함께하는데, 지난 5주년 기념 산행 때는 다음과 같은 글을 남기기도 했다.

"어느 모임이 지속되기가 2년을 넘기기 어려운 미용계 현실에서 보면 KBM美산악회 5주년은 놀랄 만한 일이라 하지 않을 수 없습니다. 더욱 대단한 것은 60여 회의 산행 동안 작은 사고 하나 발생하지 않았다는 것입니다. 미용인은 물론 회원들에게 심신을 단련하고 친목을 도모하자는 초심의 뜻을 잊지 않은 송영숙 회장의 배려가 가장 컸겠지만 산악대장(김재욱), 부대장(최정아), 후미대장(남원호, 김수진), 카페지기(이현준), 총무(이영희, 정재은), 홍보국장(허종석) 등으로 이루어진 탄탄한 팀워크도 사고 없이 5년 동안 산행을 가능케 했다고 회원들은 이구동성으로 말합니다. 그도 그럴 것이 김재욱 산악대장과 최정아 부대장은 산행 1, 2주일 전부터 현장을 꼭 다녀왔다고 합니다. 사전 답사를 통하여 등산 계획을 세우고 안전한 통로를 확보하였던 것입니다. 등산 대열 맨 끝에 2명의 후미대장을 두어 지치거나 허약한 대원을 돌보게 했던 것도 안전 산행이 가능케 했던 묘수였습니다."

6년 전이지만 송영숙 회장의 미용인에 대한 마음 쓰씀이를 알 수 있다.

함께 사는 세상의 즐거움을 누리다

송영숙 회장에게 빚을 지고 있다. 기자가 시집『불량아들』을 내고 강남의 한 호텔에서 성대한(?) 출판기념회를 연 것은 2014년 4월이었다. 그때 많은 분들이 오셨고 진심으로 축하해주어 지금까지 그 일을 잊지 못하고 있다. 송영숙 회장은 축

하 동영상까지 만들어 보내주었고, 그 동영상은 출판기념회 자리를 더욱 빛나게 해주었다. 그뿐만이 아니다.

출판기념회가 끝나고 며칠이 지났는데, 강남구지회 이영희 국장에게서 전화가 왔다. "회장님께서 이번 국장님 시집을 협회 차원에서 일괄 구매해 협회 임원 분들께 나눠주라고 하셨어요." 기자는 고맙다는 말밖에 할 수 없었다. 출판사에 전화해서 저자 구입 가격으로 보내주라고 부탁했다. 나중에 협회 임원 미용인 몇 분께서 시집을 잘 받아서 읽고 있다는 인사를 받았다. 송영숙 회장은 지금까지 전혀 생색을 내지 않고 있다.

좋은 사람과의 인연은 인생을 살아가는 데 무엇보다도 중요하다. 송영숙 회장과 기자와의 관계는 더욱 그러하다는 생각을 해본다. 우리는 지금도 가끔씩 만나고 있다. 미용계 일이 됐든 그냥 술이나 마시자며 만나고 있는 것이다. 며칠 전에는 노래방까지 갔는데 어느 누굴 위해 최선을 다해 노래 부르는 모습이 여간 예뻐(?) 보이지 않을 수 없었다.

조그마한 체구로 보는 이들에게 즐거움을 주는 사람을 알고 있다는 것은 삶의 행복이 아닐 수 없다. 더구나 흥까지 공유할 수 있는 사람이라면 금상첨화 아니겠는가. 오늘은 송영숙 회장께 흥을 북돋을 수 있는 전화 한 통 넣어야겠다.

송영숙 회장 프로필

- 93뉴욕 I.B.S 파견 한국선수 선발대회 신부메이크업 부문 은상
- 일본 히카리 b-day컷 한국 1호 강사
- 소상공인지원센터 창업교육 멘토
- (사)대한미용사회 중앙회장 표창
- 현재 다수 매니저먼트사와 계약 및 연예인 양성
- (사)대한미용사회 중앙회 메이크업 부문 심사
- 서울시장 표창장(서울시장 오세훈)
- 소상공인진흥원 비법전수자 선정
- 연세대학교 미래교육원 최고경영자과정 수료
- 산업통상자원부 장관상 표창
- 소상공인시장 진흥공단 국무총리상 수상
- (사)대한미용사회 서울시협의회 회장 역임
- (사)대한미용사회중앙회 기술위원회 부위원장 역임
- 서울특별시의회 표창(양준욱 의장)
- 서울대학교 뷰티아트 경영컨설팅 과정 수료
- 보건복지부 장관상 수상
- 현재 (사)대한미용사회 강남구지회 지회장
- 현재 송영숙모던헤어 원장
- 현재 (사)대한미용사회 중앙회 강사

헤나로 머리를 건강하게…

서희애 부산 아가헤어 원장

바다색이 깊어지는 이유

— 서희애 원장

바다를 그리고픈 소녀가 있었다
그녀의 하얀 꿈을 도화지는 잘 알고 있었다
바다는 청색, 하늘은 먹색, 땅은 황금색이었다
사람을 그리고 싶어졌다
사는 방법을, 마음을 그리고 싶어졌다
먹고사는 법을 바꾸고
머리를 매만지기 시작했을 때
세상이 환해졌다
얼굴에 생기가 돌기 시작했고
머리색은 자유자재로 바뀌었다
세상은 그런 것이었다
그녀의 손은 자유로워졌고
세상을 향한 덧칠을 하나씩 지워갔다
아름다워라
그녀가 지나간 자리
건강한 흔적들이
웃음을 머금고 있다 하더라
바다색이 깊어진다 하더라

바다색은 사람 마음을 머금고 산다

잡지 표지 연출하며 인연

미용 잡지 《뷰티라이프》를 창간한 때가 1999년 7월이었다. 미용인들에게 새로우면서도 획기적인 정보를 제공할 수 있는 잡지를 어떻게 하면 만들 수 있을까 고민했고, 그해 봄부터 끙끙 앓다시피 해서 7월에 내놓은 잡지가 앞과 뒤 두 가지 표지를 선보인 《뷰티라이프》였다.

잡지를 만들면서 몇 가지 원칙을 세웠는데, 그 중 하나가 표지를 연예인으로 한다는 것이었다. 미용인은 연예계와 떼려야 뗄 수 없는 관계가 있는데, 몇몇 미용인을 제외하고는 연예인의 머리를 한다는 것이 쉽지 않았던 시절이었다. 낭시 기자는 방송국 PD를 비롯해 언론계에 몸담고 있는 대학 선후배와 사회 동료들을 많이 알고 있었다. 그들과 함께 연예계와 적지 않게 교류하고 있어 연예인과 미용인들을 함께 어울릴 수 있게 하고 친분을 맺게 할 수 있는 것이 표지 연출이라고 생각했던 것이다.

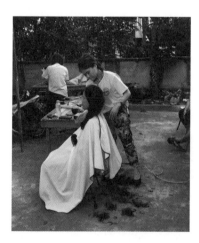

달마다 연예인의 표지 촬영이 쉬운 것은 아니었지만 지금까지도 계속 해오고 있으니 잡지의 뚝심도 대단한 것은 분명하다.

서희애 원장을 처음 만난 것은 잡지 표지 연출 때문이었다. 당시 제주도지회장으로 있던 이복자 회장이 자신의 미용 후배이며 인간성 좋고 미용 실력이 대단한 미용인이 있다고 했다. 그렇게 추천한 미용인이 부산 서희애 원장이었다. 잡지를 창간하고

1년 정도가 지난 시점이었다. 서희애 원장과의 표지 촬영 작업은 참으로 재미있고 즐거웠다. 그때 그림을 그리다가 여러 사정으로 미용을 늦게 배웠다는 사실도 알았다. 그림에 관심이 많았던 기자는 뒤풀이를 빌미로 서희애 원장과 많은 대화를 나눴고, 대화가 통하는 미용인을 한 분 더 만났다는 생각에 기쁜 마음을 감출 수 없었다.

그림 그리다가 뒤늦게 미용 입문

그 후로 부산에서 행사나 취재가 있으면 염치불구하고 서희애 원장을 찾았고, 예의 그 웃음 띤 얼굴로 언제나 반갑게 맞아주었다. 지금 생각하니 부산의 여러

곳을 다녔다. 파도소리가 정다운 광안리 횟집에서는 넓은 바다를 바라보며 바다 맛을 그대로 간직한 싱싱한 각종 회를 맛보았다. 보름달이 뜬 어느 날엔가는 해운대 달맞이고개 방갈로에서 장어를 짚에 구워먹으며 밤하늘의 별과 달을 감상하기도 했다. 어디 그것뿐이었겠나. 해녀들이 금방 잡아왔다는 꼼장어 파는 곳과, 파도가 치면 곧바로 방안으로 들어올 것 같은 식당에서 파도소리를 안주 삼아 추억을 쌓기도 했다. 쓰다 보니 만날 먹기만 한 것 같은데 일도 많이 했다. 부산지역 미용인들도 많이 만났다.

서희애 원장이 경성대학교 헤어뷰티최고위 과정의 주임교수를 맡았다. 헤어뷰티최고위 과정은 해마다 12월에 졸업 작품전시회를 열었다. 서희애 원장은 이때마다 학교로 초청했고 큰일이 없는 한 몇 년을 계속 응했다. 경성대학교 헤어뷰티최고위 과정의 졸업 작품전시회는 축제였다.

　서울에서 내려온답시고 서희애 주임교수는 번번이 축사를 부탁했다. 몇 년 전의 잡기장을 보니 "경성대학교 헤어뷰티최고위 과정의 졸업 작품전시회는 서울의 이대나 숙대의 최고위 과정의 졸업 작품전시회에 비해 결코 뒤떨어지지 않습니다. 이는 주임교수이신 서희애 교수님의 애정과 재학 중인 부산, 경상도 미용인들의 저력이 힘을 합쳐 빚어낸 결과가 아닌가 생각합니다. 경성대학교 헤어뷰티최고위 과정의 무한한 발전을 빕니다"라고 했던 축사가 있었다.

　경성대학교 헤어뷰티최고위 과정의 졸업 작품전이 끝나면 기자는 뒤풀이까지 꼭 참석해야 했다. 그곳에서 부산, 경상도 미용인들과 많은 대회를 나눈 것도 기자에겐 좋은 경험이 되었다. 예약했던 기차표를 뒤로 미루고 미루다가 새벽녘에 서울에 도착하는 경우가 많았지만 늘 즐겁고 유익한 경험이었다.

헤나의 매력에 빠져 연구하고 보급하고

　서희애 원장은 요즘 헤나 연구와 교육 그리고 보급에 여념이 없다. 서희애 원장이 헤나를 처음 접하게 된 것은 25년 전 일. 헤나의 매력에 빠져 헤나를 연구하게 되었다. 헤나의 장단점을 면밀하게 분석하고 연구한 끝에 유기농농법으로 재배한 헤나를 활용하여 지금은 퍼머까지 잘 되는 헤나를 미용인들에게 교육, 보급하고 있다.

　좋은 헤나를 연구하기 위해서 부산대 방사능식물검사소를 비롯, 식물에 대한 검사소, 검역소를 수차례 찾아 자문과 검사를 반복 실시한 결과였다. 그리하여 지

금은 헤나에 대한 여러 부작용을 상쇄하고 헤나의 장점을 최대한으로 살린 헤나를 미용인들에게 알리기 위해 전국을 돌며 세미나와 특강을 하고 있다.

서희애 원장의 체구는 자그마하다. 만날 때마다 아기와 같은 그 웃음을 잃지 않는다. 상대에 대한 배려를 잊지 않으며 조곤조곤 말할 때면 그의 의견에 동조하지 않을 수 없다. 남 앞에 나서기보다는 뒤에서 도와주는 마음이 서희애 원장의 천성 같다.

여름철,《뷰티라이프》기자들이 부산으로 바캉스라도 간다고 하면 여지없이 서희애 원장에게 도움을 요청했다. 돌아오는 대답은 언제나 걱정하지 말라는 것이었다. 남에게 부탁하기 싫어하지만 기자들의 일이라면 부담 없이 서희애 원장에게 부탁했다. 이런 미용인이 있다는 것은 행운이다.

근래, 서로가 바쁘다는 핑계로 가끔씩 전화 통화만 했다.《뷰티라이프》의 부산 통신원(?)이기도 한 서희애 원장에게 오늘은 전화를 걸어 밀린 수다를 왕창왕창 풀어야겠다.

서희애 원장 프로필

- ISOMA 메이크업 색채학 수료
- 동부산대학 졸업
- PIVOT 전 과정 미국 본교 졸업
- 동아대학교 산업대학원 수료
- 현재 경성대학교 헤어뷰티최고위 과정 주임교수
- 부산 해운대구 아가헤어 원장

수상
- 1981년 부산 기능경기대회 금상
- 1988년 대한미용사회중앙회장배 커트 은상
- 2001년 미국 IBS 커트 3위, 헤어바이나이트 2위, isoma 1위
- 중앙회장상 7회, 지회장상 4회, 구청장상 4회, 부산시장상 2회 수상

봉사 및 교육
- 2015년부터 현재까지 석포여중 자유학기제 전문직업인 특강
- 2005년부터 2011년까지 남해, 김해, 창녕, 산청 등 관내 오지 미용 봉사
- 2011년부터 현재까지 인도, 인도네시아, 태국, 베트남 등 해마다 봉사활동

메이크업 인의 권익신장을 위하여…

오세희 한국메이크업미용사회 회장

아름다움을 그리는 열두 손가락
— 오세희 회장

여자의 생은 두 가지라네
화장하는 삶과
남을 꾸며주는 삶
아름다움은 아무한테나 오지 않는다네
화초 가꾸듯 해야 하는 법
스님 불경 외듯
마음을 다스리고 다잡아야 하는 법이라네
타인을 아름답게 꾸며
새로운 삶을 살게 할 때도
그 손은 떨리지 않았네
마음을 손끝에 실어 얼굴에, 온몸에
피어나게 할 뿐이었네
사랑스러워라, 그대
세상의 아름다움이
그대 손끝에서, 마음에서 피어나느니
세상 참, 환하도다

오늘도
아름다움을 찾아,
메이크업 인의 업권 보호를 위해
세상을 활보하는 열두 손가락

메이크업계의 독보적 위치에 자리하다

미용계에는 독보적인 위치를 자랑하는 미용인과 그룹이 몇 있다. 그들은 각자
의 위치에서 2인자가 넘볼 수 없는 아성을 구축하여 자기만의 세계를 확고히 하

고 있다. 수빈아카데미 오세희 대표도 그 중 하나라 할 만하다.

　1989년에 설립한 수빈아카데미는 메이크업계, 특히 메이크업 교육계에서는 타의 추종을 불허하고 있다. 수빈아카데미는 다양한 교육 컨텐츠와 전문성 있는 교육을 실시하여 방송, 영화, 화장품 브랜드, 패션업계, 미용실 등에 수많은 뷰티아티스트를 배출하고 있다.

　《뷰티라이프》창간 이래 몇 번의 예외를 제외하고는 (미용국가대표가 세계대회에 나가 금메달을 땄을 때 몇 번, 국가대표 작품을 표지에 실은 적이 있다) 매달 연예인을 표지 모델로 하고 있다. 이때 거개의 연예인은 매니저와 함께 코디를 데리고 온다. 그때마다 코디에게 장난삼아 "수빈아카데미 나왔지?" 하고 묻는다. 그러면 대부분은 눈을 동그랗게 뜨며 "어떻게 아셨어요?"라며 반문한다. 그리곤 장난삼아 킁킁 냄새 맡는 시늉을 하며 "수빈아카데미 냄새가 나" 하고 말하면 스튜디오 안은 웃음바다가 된다. 이렇게 장난을 칠 수 있는 이유는 방송국이나 연예인 기획사 코디의 80% 이상이 수빈아카데미 출신이기에 가능하다. 그만큼 수빈아카데미는 메이크업 분야에서 두각을 나타내고 있다.

한국메이크업미용사회 회장을 맡다

수빈아카데미 오세희 대표는 한국메이크업미용사회 회장직도 오랫동안 겸하고 있다. 큰 규모의 아카데미와 메이크업인들이 모여 있는 단체의 장을 맡고 있다 보니 행사가 한둘이 아니다. 특히 연말이면 아카데미 졸업생들을 위한 졸업 작품 전시회를 개최하고 메이크업미용사회 송년 파티를 겸해야 하는 등 분주하다. 그런 만큼 참석자들과의 뒤풀이 자리도 많았다.

미용계에는 술자리가 즐겁기로 유명한 미용인이 몇 명 있다. 오세희 대표와의 술자리도 예외는 아니다. 그래서 추억도 많다. 수빈아카데미는 연말에 졸업 작품 공연을 많이 했다. 사회는 김현욱, 김병찬 아나운서 등 유명 아나운서가 많이 맡았다. 특히 김현욱 아나운서는 뒤풀이까지 꼭 참석하여 미용인들과 함께 어울리는 의리(?)를 보여주었다. 그런 인간성 때문에 김현욱 아나운서는 미용계의 많은 행사에 사회를 맡기도 했다.

지금까지 잊지 못하는 일화가 하나 있다. 2010년 초반쯤으로 기억된다. 지금 핫플레이스로 각광받고 있는 홍대 근처의 한 공영장에서 수빈아카데미 졸업 공연을 마치고 오세희 대표를 비롯해 미용계 귀빈 십여 명이 뒤풀이를 가졌다. 토요일 오후였지만 그곳은 별천지였다. 서너 시간 동안 우리는 세상에서 가장 즐겁게 저녁을 겸한 술자리를 즐길 수 있었다. 이태백과 소동파도 이렇게 즐거운 뒤풀이 자리를 가질 수 없으리라.

상대편에게 '어떻게 사는 게 성공한 인생인가?'라는 물음을 가끔 던지곤 한다. 화자에 따라 '돈을 많이 번 사람', '명예를 얻은 사람' 또는 '높은 지위에 오른 사람' 등등 돌아오는 대답은 수없이 많다. 하지만 개인적으로는 '죽음을 앞두고 아름다운 추억을 떠올리며 빙그레 웃음 지을 수 있는 경험이 많은 사람'이 아닐까 싶다.

세상에는 걱정을 쌓아두고 사는 사람들이 많은 것 같다. 스트레스로 얼굴이 일그러져 있다. 세상을 살면서 어떻게 스트레스를 받지 않고 살 수 있겠느냐마는 긍정적인 마인드로 삶을 이끌어가는 사람들을 보면 그 기운이 옆 사람에까지 전이됨을 느낀다. 오세희 회장이 그런 사람 중 한 사람이 아닌가 하는 생각을 기자는 가끔 한다.

15년 동안 쉬지 않고 메이크업 연재

한국메이크업미용사회 회장으로서 오세희 대표는 메이크업인을 위하여 메이크업 자격 분리를 주도하고 메이크업 국가자격 신설에 주도적 역할을 했다. 이는 메이크업 소상공인의 지위 향상과 권익을 보호하고, 산업활성화, 소규모 창업 등 다양한 경제활동이 이루어지도록 지원하는 촉매제 역할까지 했다. 이에 따라 메이크업 소상공인의 업무 활동 범위가 대중화되고 메이크업 분야를 문화산업의 한 영역으로, 예술적 가치로 승화, 발전시키는 데 공헌했다.

오세희 회장은 메이크업미용사회 회장을 맡고 있으면서 지난 2006년 5월 27일 한국메이크업미용사회 총회에서 기자에게 감사패를 수여하는 영광을 주었다. 메이크업협회를 이끌어가면서 여러 가지 조언을 구할 때마다 성심껏 도와준 것을 잊지 않고 있었던 것이다. 하필이면 그해 6월 27일 대한미용사회중앙회(회장 최영희)가 수여했던 '미용기자상'을 받기도 했으니 오세희 회장께서 주신 감사패가 효력을 발휘하지 않았나 하는 생각이 뜬금없이 든다.

오세희 회장과 오랜 인연을 얘기하지 않을 수 없다. 수빈아카데미는 지난 2005년 3월호부터 2019년 6월호까지 장장 15년 동안이나 《뷰티라이프》에 메이크업 꼭지를 연재했다. 달마다 3페이지에 걸쳐 172회를 연재했으니 오세희 대표의 끈기는 대단하다 하지 않을 수 없다. 잠시 안식년을 두었다가 그 연재를 다시 이어가기를 기대해본다.

오세희 회장을 생각하면 얼굴 가득한 웃음을 떠올리지 않을 수 없다. 긍정적인 사고로 수빈아카데미를 확고한 반열에 오르게 하고 메이크업인들의 권익 신장을 위해 노력하는 오세희 회장과의 만남이 그래서 더 즐겁고 기다려진다.

오세희 회장 프로필

- 수빈아카데미 대표
- 더 수빈스(the soobin`s) 원장
- 한국메이크업미용사회 회장
- 최저임금위원회 사용자위원
- 소상공인연합회 부회장

- 2018년 대한민국소상공인대회 산업포장 수상
- 영산대학교 예술대학원 외래교수
- 우성대학교 뷰티디자인 겸임교수
- 2014년 청와대 제2차 규제개혁장관회의 메이크업 제도 개선 의견 발표
- 중국CCTV 〈신세계를 발견해〉 출연
- 중국 호남방송 예능프로 〈shel yu zeng feng〉 메이크업아티스트로 출연
- 『오세희스타일메이크업』『스타일리스트를 위한 패션코디네이션』『패션 & 뷰티일러스트레이션』
  교재 출간

미용계 행사에는 늘 그녀가 있다

김민정 신한대학교 교수

미용계 팔방미인
― 김민정 교수

하루 종일 마이크를 잡고 있었다
계획대로 흐르지 않는 행사
그녀는 거기서 더 빛을 발했다
오케스트라를 지휘하듯 그녀의 재치는 번뜩였고
행사는 물꼬가 트였다

국제기능올림픽 국가대표 지도위원
어깨에 짐 하나가 더 얹어졌다
물 만난 듯 세계로 향했다

그녀를 지배하는 건 열정

뷰티헬스사이언스 교실
두터운 먼지가 다정스러운 곳
그녀의 열정이 고스란히 녹아 있는 곳
미용계 동량들의 눈이 또랑또랑한 곳
그녀의 목소리에는 힘이 넘쳤다

그녀의 열정이 언제 식을지
아무도 모른다

미용계 행사의 대표 사회자

미용계에는 행사가 참 많다. 미용 자체가 세계와 교류하고 있으며, 미용사회가 전국조직을 갖추고 있기에 이는 당연지사다. 미용계 행사에서 사회자만큼 중요한 역할을 맡고 있는 자리도 많지 않다. 더러는 TV 등 방송계에서 활동하는 널리 알려진 전문사회자가 종종 미용계 행사의 사회를 맡는 경우도 있지만 미용계 행사, 특히 미용경기대회 등은 전문적인 용어를 이해하고 구사해야 하기 때문에 미용계 인사 중에서 초대되는 경우가 많다.

전문적인 지식을 많이 안다고 해서 미용계 행사 사회를 볼 수 있는 것도 아니다. 뛰어난 언변과 상황에 맞는 대처능력이 수반되어야 한다. 그런 의미에서 우리 미용계의 전문사회자(?)는 3명으로 압축할 수 있다. 여기 소개하는 신한대학교 김민정 교수를 필

두로 순천 청암대학교 이수희 교수, 울산 동구지회 지회장을 맡고 있는 김경란 회장 등이다. 이 세 사람은 유려한 언술은 물론이고 뛰어난 미모를 지닌 공통점을 가지고 있다.

김민정 교수는 이 중에서도 가장 오랜 기간 미용 사회자 경력과 전국을 아우르는 다채로운 이력을 지니고 있다. 김민정 교수의 장점은 바닥을 드러내지 않는 체력에 있다. 그리고 이 체력은 미용에 대한 열정이다.

미용계 행사 중 백미는 미용경기대회다. 미용경기대회는 아침 일찍 시작해 마지막 수상자 시상까지 끝내려면 보통 밤 늦게까지 이어진다. 대한미용사회중앙회에서 주최하는 대회를 비롯, 서울시장배 등 모든 대회가 그러하다. 하루 종일 사회를 보고도 끄떡하지 않는 김민정 교수를 보고 있노라면 하늘이 내린 체력의 소유자라 여기지 않을 수 없다. 그러나 그것은 미용에 대한 열정이 있기에 가능할 것이다. 하루 종일 사회를 보면서도 웃음을 잃지 않는 모습을 보며 어찌 김민정 교수를 존경하지 않을 수 있겠는가.

뛰어난 체력과 열정 겸비한 팔방미인

김민정 교수는 일에 대한 욕심이 대단하다. 미용 일을 하던 어머니의 영향으로 어려서부터 미용을 시작한 후 20대 초반에 국제기능올림픽 국가대표로 출전, 우수상을 받았다. 그 후 2005년부터 현재까지 8명의 국제기능올림픽 국가대표의 지도위원으로 국제대회에 참여하고 있다. 이뿐만이 아니다. 국정과제인 NCS와 학습모듈 개발에 참여하여 큰 공을 세우고 있다. 미용 엘리트 그룹인 미용장 시험에도 2000년 일찌감치 합격해 최연소 미용장의 기록을 남기기도 했다. 현재는 신한대학교에서 후학들을 가르치고 있으니 미용계의 팔방미인이라 해도 과언이 아니다.

김민정 교수와 인연은 많다. 미용계 큰 행사는 빼놓지 않고 취재하는 특성상 만날 기회가 많기도 했지만 김민정 교수의 인품에 반하지 않을 수 없다. 그녀는 자신을 과시하거나 부풀리지 않는다. 오히려 자신을 낮추는 데 익숙해져 있다. 미용인이라면 김민정 교수가 전 대한미용사회중앙회 최영희 회장의 큰며느리라는 것을 다 알고 있을 것이다. 그러나 김민정 교수는 이런 것을 절대 드러내놓고 말하지 않는다. 유명한 연예인의 자녀들이 역차별을 받듯 김민정 교수도 그런 예가 많을 것이란 생각을 가끔 한다.

자주는 아니지만 드문드문 통화를 하게 된다. 전화기 너머로 "자기야" 하고 부르면 "언제 잘 생긴 국장님이 우리 자기가 되었데" 하고 까르르 까르르 웃는 목소리가 사람을 기분 좋게 한다. 한번은 전화 도중 이런저런 얘기를 나누다가 미용실 프랜차이즈 이야기가 나왔다. 한창 프랜차이즈 미용실이 미용인들의 이목을 집중하고 있을 때였다. 두세 명의 미용인만 모이면 프랜차이즈 얘기가 나왔고 거개의 미용인들은 미용 프

랜차이즈 본사의 경영 방침이나 교육, 조건 등을 잘 모르고 있었다.

열정적인 김민정 교수는 《뷰티라이프》의 객원기자가 되어 미용실 프랜차이즈 본사를 탐방하고 기획기사를 쓰면 안 되겠냐고 제안해 흔쾌히 승낙했다. 미용인이 가장 궁금하게 생각하는 프랜차이즈 본사의 교육은 어떻게 이루어지며 그곳을 선택했을 때 어떤 장점이 있는지 세세하게 기사화하기로 했다.

하지만 관건은 늘 바쁜 일정을 소화하는 김민정 교수가 프랜차이즈 본사를 직접 방문해 미용인들이 갖는 의문점을 해소할 수 있도록 지속적으로 시간을 할애하여 기사화할 수 있느냐는 것이었다. 그런 우려는 기우였다. 김민정 교수는 바쁜 일정에도 불구하고 일 년 동안이나 그 일을 해냈다. 또 미용장에 대한 꼭지를 맡아 2년 동안 연재했다. 우러러보지 않을 수 없는 열정을 그때 또 보았다.

배려와 겸손의 마력 듬뿍 지녀

김민정 교수에 대한 십수 년 된 일화가 하나 더 있다. 의정부에서 김민정 교수

의 시동생 되는 원호진 대표와 저녁을 핑계 삼아 한잔하고 있었다. 술을 못하는 김민정 교수가 나중에 합류했다. 같은 술을 마시더라도 유난히 즐거운 자리가 있다. 원호진 대표와의 술자리가 그런 자리였다.

우리들은 거나하게 취했고 돈암동 기자의 집에서 한잔 더 하기로 했다. 김민정 교수가 운전을 자처했다. 돈암동 집에 도착한 후 김민정 교수는 남의 살림임에도 불구하고 익숙한 살림솜씨로 술상을 차렸다.

다음날 눈을 떠보니 식탁과 주방은 깨끗하게 치워져 있었다. 그 전날 술상을 차려주고 밤 늦게 설거지까지 다해놓고 김민정 교수는 의정부 자택으로 돌아갔던 것이다. 덕분에 원호진 대표와 기자는 1박 2일 동안 밖에 나가지 않고 집안에서 음풍농월할 수 있었다. 원호진 대표는 형수는 집안일도 소홀히 하지 않는다고 귀띔해주었다.

장황하게 이런 일화를 소개하는 이유는 김민정 교수의 인간됨을 알려주는 에피소드이기 때문이다. 안팎으로 자기 일을 다 하는 모습은 얼마나 아름다운가.

만나는 사람들에게 에너지를 불어넣어주는 사람이 있다. 그 에너지는 긍정적인 마음속에 뿌리를 두고 있다고 생각한다. 그런 사람들이 주위에 많을수록 그 삶은 행복하다고 말할 수 있겠다.

언제나 생기 넘치는 기운과 에너지로 우리 미용인들에게 명 사회자로, 국가대표 지도위원으로, 후학을 가르치는 교수로서 맹활약하는 김민정 교수와 같은 미용인과 함께 있다는 것은 참으로 복 받은 인생이라고 말하지 않을 수 없다.

따스한 가을볕과 청명한 하늘이 펼쳐진 오늘, 김민정 교수의 함박웃음이 이런 가을날과 닮았다는 생각을 뜬금없이 한다.

김민정 교수 프로필

• 현재 신한대학교 뷰티헬스사이언스학부 부교수

상훈

• 옥조근정훈장 서훈(대한민국 행정자치부 2008년)
• 산업포장 서훈(대한민국 총무처 1993년)
• 대통령 표창(대한민국 안정행정부 2013년)
• 고용노동부장관 표창(대한민국 고용노동부 2012년)
• 교육부장관 표창(대한민국 교육부 1991년)

연구

• NCS 개발 및 개선사업 공동연구원(한국산업인력공단)
• 학습모듈 헤어미용 대표집필진(한국직업능력개발원 2015년, 2019년)
• 2017년부터 2019년 전수교육관활성화사업 모니터링 용역 책임연구원(문화재청)
• 2015년부터 2016년 일학습병행제 프로그램개발 박준뷰티랩 외 15개 PM(한국산업인력공단)
• 대한민국산업현장교수 지원사업 평가와 발전방안 연구, 책임연구원(한국산업인력공단)

경력

• 제32회 국제기능올림픽대회 미용직종 국가대표 우수상
• 제27회 전국기능경기대회 미용직종 금메달
• 2005년부터 2019년 현 국제기능올림픽 헤어디자인 직종 국제심사위원
• 2020년 스타숙련기술인 선정(한국산업인력공단)
• (사)국제기능올림픽선수협회 부회장
• (사)한국미용장협회 부회장

미용교육의 선봉에 서다

윤천성 서울벤처대학원대학교 교수

둥글게 둥글게 미용인을 교육하다
— 윤천성 교수

세상은 둥글둥글하지
지구도 둥글고
바퀴도 둥글고
사람 마음은 더 둥글지
둥글어야 잘 굴러가지
교육은 사람을 만들고
사람은 세상을 만드네
선생님 마음은 그래서 더 둥글지
둥글게 둥글게
미용인을 교육해서
둥근 미용 세상 만드는 이
여기 있네
얼굴과 마음까지 둥글어서
미용인과 함께 굴러가네
굴러간다는 건 보조를 맞추는 일
손잡고 이끌며 함께 간다는 것
함께하는 이 있어
미용이 즐겁다네
미용이 더 앞서간다네

금융계에서 미용계로 변신한 최적의 교수

서울벤처대학원대학교 윤천성 교수의 이력을 특이하다. 대학을 졸업하고 금융계에서 일하다가 대학원에서도 국제금융학을 공부했다. 금융회사가 여러 면에서 안정적이었지만 평소 자기 가치에 맞으며 역동적인 일이 없을까 고민을 많이 했다. 그러던 중 우연한 기회를 맞아 프랜차이즈 시스템과 관련된 연구와 강연을 하며 미용실의 다점포화에 대한 컨설팅을 해주는 경험을 계기로 미용산업과 연결되었다. 또한 2002년 서경대학교 경영대학원에 미용경영학과를 개설하며 미용학과 교수가 되었다.

윤천성 교수는 2006년부터 호서학원에서 설립한 서울벤처대학원대학교 미용학 전공 교수로 재직하며 7년 동안의 교학처정과 10년간의 평생교육원장을 거쳐 현재는 행정처장직이라는 막중한 임무를 맡고 있다. 서경대학교에 있을 때부터 얼굴을 익혀오다가 서울벤처대학원대학교로 자리를 옮기면서 자주 만나게 되었다.

어떤 조직이나 개인이 체질을 바꾸려면 교육이 중요하다고 생각한다. 특히 미용분야처럼 장인정신으로 뭉쳐 있어 성향이 개방적이지 않을 경우에는 교육을 통해서 변화를 줄 수 있다. 2000년 초까지만 해도 미용은 외부 자극보다는 전통적으로 내려오던 세미나나 제품회사에서 진행하던 교육에 방점이 찍혀 있었다. 그 후로 대학에 미용학과가 기하급수적으로 생기고 질 높은 외부 교육이 강화되면서 젊은 미용인들을 중심으로 체계화된 교육의 필요성이 재기되었다.

기자가 《뷰티라이프》를 창간하면서 시도했던 '공부에 도움이 되는 잡지' '미용인들에 필요한 내용을 싣는 잡지'도 어떻게 보면 이런 필요성을 직시한 결과였다. 그런 의미에서 윤천성 교수는 공부하는 미용인을 위한 최적의 교수였다.

산업현장에서 활용할 프로그램 개발 박차

2006년도 서울벤처대학원대학교에 미용학 전공 석박사 과정을 개설, 후학들을 지도하며 해마다 국제하계세미나와 국내동계세미나를 통해 석박사들의 연구를 지도하고 있는데 그 성과가 대단하다. 윤천성 교수가 주창하는 것은 석박사들의 연구 논문이 산업현장에서 어떻게 활용되며 특히 우리 미용계의 최일선이라 할 수 있는 미용실의 매출 증대에 이바지할 수 있느냐는 것이다. 뷰티산업의 고부가 가치를 높일 수 있는 연구환경이 열악한 실정에서 윤천성 교수의 지도는 빛을 발했다. 그리하여 그간의 서울벤처대학원대학교의 석박사 논문들이 산업현장에서 바로 활용할 수 있는 프로그램과 매뉴얼로 개발되어 미용계에 많은 도움을 주고 있다.

또한 윤천성 교수는 해마다 11월에 '한국뷰티산업학회'를 열고 있다. 이때에는

연구 성과를 발표하는 것뿐만 아니라 2016년부터는 뷰티산업에 기여한 분들의 노고를 치하, 인정하고 알리기 위해서 '뷰티산업 대상'을 수여하고 있다. 뷰티산업 경영대상과 뷰티산업 교육대상 둘로 나누어 각 분야에서 한 명씩 수상하고 있다. 11월 행사가 기대되는 이유이기도 하다.

기자는 윤천성 교수로부터 서울벤처대학원대학교의 신년회라든지 송년회, 한국뷰티산업학회의 행사에는 매번 초청을 받는 영광을 누리며 특별한 일이 아니고는 반드시 참석해오고 있다. 이제는 행사에 참석하는 분들이 모두 가족 같다는 생각까지 든다. 오랜 인연이 아니면 느낄 수 없는 마음이다. 미용계는 이래서 좋다.

윤천성 교수와는 우연하게, 또는 미리 잡은 약속으로 몇 번 술자리에서 마주치고 만난 적이 있다. 연구하는 교수답게 언제나 술자리에서도 조용하다. 기분 좋

게 몇 번 취했던 기억이 새롭다. 기자는 술에 취하면 '우리 집에 가서 한잔 더하자'고 떼쓰는 경향이 많다고 한다. 좋은 사람과의 술자리에서는 더 그렇다고. 그래서 많은 미용인들이 기자의 집에 다녀갔다. 다음날에는 기억에도 없지만, 윤천성 교수가 우리 집에 다녀갔는지는 모르겠다.

뚜벅뚜벅 앞만 보고 연구, 개발하는 개척자

윤천성 교수는 미용계 행사에 잘 모습을 드러내지 않는다. 선천적으로 나서기

를 좋아하지 않는 듯하다. 그래서 어떤 미용계 행사에 갔을 때 윤천성 교수가 참석하면 더 반갑다. 그 행사도 더 품격 있어 보인다.

언젠가 서울벤처대학원대학교에서 하고 있는 일이 구체적으로 어떤 일이며 앞으로 어떤 일을 하고 싶은지 농담처럼 물어본 적이 있다. 진지한 윤천성 교수는 행정처장 겸 평생교육원장으로 학교 살림과 평생교육 과정을 총괄하고 있다고 묵직하게 답했다. 진술한 사람들의 언행에는 농담을 누르는 위엄이 있다.

윤천성 교수는 지난 20년 간 연구와 교육을 통해 얻은 것들을 산업현장에서 기여하는 프로그램으로 개발하고 있다는 얘기도 했다. 특히 심신의 균형을 위해 심리와 미용을 접목해서 활용할 수 있는 한국형 아유르베다 심리유형 교육훈련체계와 프로그램을 창시하고 한국형 아유르베다 심리유형 검사지도를 개발했다고 말했다. 또한 석박사들을 지도하고 행복한 지도자를 양성하기 위해 '스타리더십 프로그램'도 개발했다. 앞으로는 정부기관과 협업하여 글로벌 뷰티산업에 도움이 될 수 있는 정책적인 일에도 기여하고 싶다는 소망도 있다.

실용학풍을 외치지 않더라도 윤천성 교수의 신념은 우리 미용계에 많은 도움이 되고 있다. 지금까지 윤천성 교수의 지도 아래 미용계의 석박사를 마친 미용인들이 숍에서 산업현장에서 두드러진 활약을 보이고 있음을 우리는 보고 있기 때문이다. 오랜 기간 윤천성 교수를 곁에서 지켜본 결과, 그는 뚜벅뚜벅 자기 앞만 보고 우직하게 나아가는 개척자 교수임을 깨닫게 된다.

윤성천 교수 프로필

- 국민대학교대학원 조직심리·리더십전공 경영학 박사
- 전) 서울벤처대학원대학교 교학처장 겸 평생교육원장
- 전) 서경대학교 경영대학원 교수
- 전) 보건복지부 공공기관 평가위원
- 전) 보건복지부 뷰티산업경쟁력강화위원회 위원
- 전) 한국보건산업진흥원 시행사업 심의위원
- 전) 경기도 뷰티산업진흥위원회 위원
- 삼성, 현대, LG 등 사내강사 및 관리자 양성 초빙교수

- 현) 서울벤처대학원대학교 행정처장 겸 평생교육원장
- 현) 한국평생교육리더십학회 회장
- 현) 한국뷰티산업학회 회장
- 현) 한국경영교육학회 부회장
- 현) 한국미용학회 편집위원
- 현) 사)아시아문화학술원 인문사회21 편집위원
- 현) 한국에니어그램학회 상임이사
- 현) 대한리더십학회 상임이사
- 현) 한국가족복지학회 상임이사
- 현) 한국문화정보원 기술사업 평가위원
- 현) 인사혁신처 공공기관 평가 및 공무원 면접위원
- 현) 서울벤처대학원대학교 뷰티산업, HRD리더십 전공교수
- 현) 한국생산성본부 사업심사 및 자문위원

미용에 시를 엮다

송정현 송정현미용실 원장

미용을 하며 시를 쓴다는 것
— 송정현 원장

머리를 한다는 것은
사람을 아름답게 한다는 뜻이지
고귀한 생각은 고귀한 용모에서 나오지
시를 쓴다는 것은
마음을 정화한다는 뜻이지
정화된 마음에서 아름다움은 비롯되지
미용을 하며 시를 짓는다는 것은
인간의 내, 외적 아름다움을 합치는 일
이웃에 대한
사랑이 없으면 안 되는 일
사물에 대한
성찰이 없으면 안 되는 일
여수, 섬을 돌며
이웃과 사물과 땅과 바다의
모든 것들에게
이름을 지어주고 생명을 넣어주고
날개를 달아주고 있었나니
거룩한,
그대의 손

시를 쓰는 미용실 원장

사람의 관계란 참 묘하다. 오래 알아서 친숙하고 정갈나는 맛이 늘어가는 사람이 있는가 하면, 만난 지 얼마 되지 않았는데 오래 알아온 사람처럼 느껴지는 관계도 있다. 알아갈수록 손해(?) 보는 것 같은 사람도 드물지만 있다. 오래오래 사귀면 사귈수록 구수해지는 관계가 제일이긴 한데 그게 어디 사람 마음먹은 대로 되랴. '유유상종'이라고 같은 부류의 사람들이 잘 어울리긴 하는데, 그 밥에 그 나물끼리 치고박고하는 오늘날 우리 정치권을 보면 그것도 아닌 것 같다. 하긴 사람 관계에서는 절대적 관계는 없고 상대적 관계가 모든 것을 우선하리라.

서설이 길어졌다. 여수의 송정현 원장을 안 지는 그리 오래되지 않았다. 2016년 여름이 시작되기 전 어느 날, 《뷰티라이프》로 시집 한 권이 도착했다. 이름도

생소한 송정현 원장의 시집이었다. 시전문 계간지 『리토피아』에서 출간한 시집은 『꽃잎을 번역하다』. 제목부터가 마음에 들었다. 시집도 양장본으로 깨끗하게 만들었다.

개인적으로 시집을 볼 때 출판사를 따지는 편이다. 리토피아는 시인들 사이에서 일급은 아니지만 괜찮은 출판사로 알려져 있다. 자서自序를 보니 맹랑하다. 시들도 편편이 걸작이다. 해설을 쓴 최광임 시인의 말마따나 은유로 표현한 시어들의 관계 탐색이 보통의 솜씨가 아니었다. 이렇게 우리의 인연은 시작되었다.

미용을 하고 있다는 소식은 나중에 알았다. 마침 《뷰티라이프》에 '이완근의 詩詩樂樂 ─ 시 읽는 즐거움'을 통해 좋은 시 한 편씩을 매달 소개하고 있던 기자는 송정현 원장의 시 「가을을 읽다」를 그해 12월호에 소개했다.

"나는 눈물이 날 때나 그리울 때/ 가을 같은 엄마를 그리워한다// (…) // 비우고 가벼워진 나무의 모습은/ 엄마를 닮았다"

참 좋은 시였다. 그때의 기억이 새롭다.

〈갈무리문학회〉 여행시 중 장원 차지

이후 우리는 종종 통화하게 되었다. 송정현 원장은 여수 지역에서 함께 활동하는 시인들의 동인지가 나오면 기자에게 보내왔다. 한번은 〈갈무리문학회〉 동인들의 작품을 무기명으로 보내와 장원 한 편을 뽑아달라는 부탁도 했다. 기자는 흔쾌히 부탁을 들어주었고, 나중에 기자가 뽑은 작품이 자신의 시라고 쑥스럽게 말했다. 기자의 잡기장을 찾아보니 그때의 일을 기록해두고 있다.

"이번에 갈무리문학회 동인들이 사찰을 방문하고 각자의 시를 썼습니다. 무기명으로 올라온 8편의 시 중에서 한 편을 추천해달라는 말을 듣고 난감하기 그지없었습니다. 읽어보니 역시 갈무리문학회 동인들의 필력이 대단함을 넘어 각자의 영역을 튼실하게 구축하고 있음에 놀랍니다.

한 편만 추천해달라는 당부에 「통도사」를 뽑습니다만 이는 필자의 개인적인 취향임을 고백하지 않을 수 없습니다. 통도사는 16행의 짧은 시(?)에도 불구하고 통도사의 내, 외적 모습을 잘 아우르고 있습니다.

사찰을 짓고 그곳에서 수행을 하는 이유는 부처님 뜻을 전하고, 그 뜻에 따라 살게 하기 위함일 것입니다. 이 시는 "아우라 비범"하게 "길 잃은 중생 포근히 안"고 "사방의 문을 열어 외인을 들이고" "연꽃 피"워 "꽃향내 진동하"게 하고 "염불소리/ 전국 방방곡곡으로 가" "단아하게 앉"아 있는 통도사의 의미를 찰지게 표현하고 있습니다. 통도사를 다녀온 지 오래된 필자에게 마치 통도사를 안내하는 길라잡이 노릇도 톡톡히 하고 있네요.

잘 익은 여행 시는 어떤 여행 책자보다 낫다는 말을 다시금 새겨보게 하는 갈무리문학회의 이번 사찰 여행 편이었으며, 사찰에 대한 인식의 폭을 한결 깊게, 넓게 하는 계기가 되었음을 밝힙니다."

장황하게 기자가 그때의 기록을 상기하는 이유는 심사의 공정성을 말하려는 것은 두 번째고 송정현 원장의 시적 깊이와 시력의 높이를 다시 한번 음미하려는 의미가 크다. 좋아하지 않을 수 없는 매력을 가졌다는 것을 이제 아시겠는가.

기자는 미용 일을 핑계로 시에 대한 얘기를 핑계로 송정현 원장과 적지 않은 대화를 가졌고, 미용과 시, 미용실까지 운영하고 있던 송정현 원장과 대전에서 만났다.

한국미용장협회의 〈한마음 미용장 체육대회〉였다. 처음 본 그녀에 대한 소회는 '소녀'였다. 적지 않은 나이였음에도 불구하고 소녀다움이 물씬 풍겼다. 책가방만 메고 있다면 여고생에 진배없었다. 씩씩함도 보였다. 응원에 열중하는 송정현 원장은 승부사 기질도 가지고 있었다. 그날 우리는 점심시간 때 막걸리 몇 잔도 주고받았던 것 같다.

고객들과 교감이 최우선, 지치지 않게 일하다

한번은 송정현 원장이 여수에서 집채만 한 문어를 보내왔다. 그야말로 다리 굵기가 어린이 팔뚝만 했다. 막걸리의 최고 안주감이 문어 아니었던가! 손이 큰 아내는 동네방네 퍼날랐고 여수 송정현 원장은 동네의 히어로가 되었다. 정이 많은 송정현 원장은 고객들로부터 "일하는 게 너무 즐거워 보인다"는 말을 자주 듣는다고 한다. 미용 일 자체가 좋으니 어찌 그렇지 않을 수 있겠는가.

송정현 원장은 지금까지 한자리에서 15년째 숍을 운영 중인데, 그 비결은 욕심을 조금 줄여서 일을 지치지 않게 하고 단골들과 이런저런 사는 이야기를 진솔하게 나눌 수 있어서라고. 7년 전쯤 생각지 않은 수술을 했었는데 농협에 근무하는 단골께서 단감 한 박스를 어깨에 둘러메고 병문안 오신 걸 잊을 수 없는 기억이라고 한다. 지금도 한 달에 한번 펌이나 커트를 하기 위해 방문하고 가끔 계절 과일을 챙겨주고 있다니 그 원장에 그 고객이다.

작년 2월이었던가. 기자는 4월호 기획을 하면서 표지 연출을 송정현 원장에게 맡기기로 결정하고 연락을 했다. 오랜만에 서울에서 볼 기회를 갖고 뒤풀이로 막

걸리도 함께 하기 위해서였다. 송정현 원장은 신나게 올라왔고 멋진 작품을 연출해주었다. 촬영 후 미용인 여럿이 모여 뒤풀이를 걸판지게 했다. 마음에 맞게 일을 하고 흥을 같이 나눌 수 있는 사람이 곁에 있다는 것은 얼마나 행복한 일이던가! 다시금 깨닫게 되는 순간이었다.

"항일을 하자니 몸이 고단할 것 같고 친일을 하자니 마음이 고단할 것 같고 난 원체 무용한 것들을 좋아하오. 달, 별, 꽃, 바람, 웃음, 농담, 그런 것들. 그렇게 흘러가는 대로 살다 멎는 곳에서 죽는 것이 나의 꿈이라면 꿈이요."

드라마 〈미스터 썬샤인〉 김희성 역을 맡은 탤런트 변요한의 대사를 좋아한다는 송정현 원장은 시詩에 대해 물었더니 "나에게 시작이란 놀이와 같다. 좋아하는 무용한 것들을 상상하며 그림을 그리는 놀이. 시간과 장소에 구애받지 않고 언제든 꺼내 노는 나만의 놀이!!"라고 답한다.

어떠한 경지에 오르지 않으면, 나만의 세계를 가지지 않으면 할 수 없는 대답에 무릎을 치지 않을 수 없었다.

오래되지 않았으나 오래 사귄 사람만큼 믿음이 가는 사람, 무슨 얘기를 해도 내 편이 되어줄 것 같은 사람, 술 취해 횡설수설하더라도 나무라지 않을 것 같은 송정현 원장이 미용계에 있기에 마음 따스하다.

송정현 원장 프로필

- 대한미용사회중앙회 기술강사
- 한국미용장협회 미용기능장
- 문예창작지도자 자격 취득
- 교원자격 취득
- 전남 도지사배 1,2회 심사위원
- 2014년 국제 한국미용페스티벌 헤어쇼 참가
- 2017년 전남 도지사배 헤어쇼 참가
- 2019년 광주광역시 시장배 심사위원
- 한국미용장협회 헤어아트 전시회 참가
- 〈뷰티, 예술을 입고 춤추다〉 기획 연출, 공연
- 주승용 국회의원 표창장 수여
- 여수 민선 6기 제43대 '1일 시민시장' 위촉
- 여수일보 '송정현 미용장의 머리카락 이야기' 칼럼 연재
- 여수 미평동 주민자치위원
- 여수 미평동 체육회 전 육상감독 시민체육대회 종합 1,2위 달성
- 한국문인협회 회원
- 여수시 시민백일장 장원
- 시집 『꽃잎을 번역하다』 출간
- 공저 『여수, 섬에 물들다』 『여수의 바다는 달고 푸르다』 『그림자로도 저 많은 꽃을 피우시네』 『여수, 맛에 물들다』

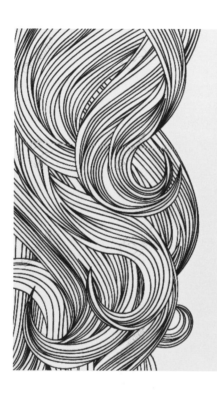

Part III
Yellow

순수미를 보여주다

서선민 서선민헤어라인 원장

잘도 웃네
― 서선민 원장

얼굴이 예쁜 소녀가 있었네
손이 귀엽다고 했네
마음이 곱다고 했네
아니 미소가 환하다고 했지
예쁜 얼굴 작은 손
고운 마음씨를 가진 소녀
손길 따라 미용을,
얼굴과 마음 따라
삶을 살찌워가네
이웃과 어울리며 화사하게 웃고
그녀 주변엔 웃음이 만발하네, 꽃과 같이
긴 머리 짧은 머리 갈색머리 볶은 머리 주어진 길
잘도 가네 씩씩하게
동반자도 함께하니
무엇이 두려울소냐
예쁜 얼굴 작은 손
고운 마음씨 소녀
잘도 가위 놀리네
하얗게 잘도 웃네

정읍 미용인들과 오랜 교우에 마주치다

대한미용사회 정읍시 미용지부장이자 기술강사, 고전머리특별위원회 강사이며 미용기능장인 서선민 원장을 기자가 언제부터 알아왔는지는 명확치 않다. 서선민 원장과의 관계를 캐기(?) 위해서는 정읍 식구, 그 중에서도 김수연 전 회장(전 전북도지회장, 전 정읍시 미용지부장)과의 오랜 인연을 떠올려야만 한다.

1996년 헤어월드 워싱턴대회 때였다. 국가대표를 취재하기 위해 60여 명의 미용인들과 미국 워싱턴으로 향했다. 10박 11일의 여정이었다. 그때 호텔에서의 여흥 시간에 정읍시 미용지부장인 김수연 회장을 알게 되었고, 그게 인연이 되어 지방 취재를 핑계 삼아 정읍을 자주 찾았다. 동향이라는 인연도 있었지만 김수연 회장의 정읍 미용가족들을 위해 애쓰는 모습이나 술을 좋아하는 성정이 기자를 사로잡기에 충분했다.

정읍을 자주 찾게 되면서 정읍 미용인들과 더욱 가깝게 지냈다. 낮에 작품 촬

영이나 숍 탐방을 하고 저녁엔 모여서 술자리를 가졌다. 당시 서선민 원장은 김수연 회장의 애제자였다. 기자에게 실력 좋고 마음 씀씀이가 보통 사람들과 다르다고 김수연 회장은 칭찬을 아끼지 않았다. 행동 하나하나가 똑 부러졌고 상냥했다. '보통 미용인이 아니다'고 생각했다.

정읍시 미용지부는 미용계에 보기 좋은, 모범적인 전통을 남기고 있다. 지부장 선거에서 경선이 없는 것이다. 지부장 임기를 마치면 부지

부장 중에서 정한다. 지부가 화기애애하지 않을 수 없다. 미용계가 선거를 통하여 얼마나 분열되고 선거의 폐해가 어느 정도 심각한지를 여러 번 보아왔던 기자이기에 정읍시 미용지부의 전통은 특별하게 여겨졌다.

《뷰티라이프》 표지에 세 번 작품 연출

언제였던가, 정읍시 미용지부가 사무실을 마련해서 이사를 한 적이 있다. 기자도 초청을 받아 아침 일찍 내려갔다. 문제는 저녁 뒤풀이에서 일어났다. 모두 한 가족 같은 사람들이니 복분자며 솔잎주, 몇 년 묵은 어느 원장네 담근술까지 분간 못하고 다 마셔대고 노래하며 춤까지 추어댔다.

결국 정신을 잃은 것은 불문가지. 서선민 원장의 신랑이 와서 들쳐업고 숙소로 데려다주었다는 말을 다음날 들었다. 쥐구멍이라도 찾고 싶은데 거짓으로 생각나는 척하니 모두들 놀리며 아침 식당 안을 또 웃음바다로 만들었다. 기자의 실수까지 한마음으로 아무렇지도 않게 안아주는 정읍 미용인들. 더 정이 가고 마음이 갈 수밖에 없다.

이런 깊은 인연을 바탕으로 기자는 서선민 원장과 오래 교류할 수 있었다. 항상 웃음을 잃지 않고 미용을 향한 배움의 열정이 활화산처럼 불타오르고 있었다. 지방 미용인들을 만날 때마다 《뷰티라이프》 표지 연출하기를 항상 권한다. 서울 미용인들은 마음만 먹으면 언제든 달려올 수 있는데 지방 미용인들은 기회도 많

지 않을 뿐더러 그때 말하지 않으면 또 언제 다시 생각날지 모르기 때문이다. 더구나 표지 연출은 한 달에 한번뿐이니 더욱 그렇다.

서선민 원장은 지금까지 세 번에 걸쳐 표지 연출을 했다. 한번은 2006년 12월호였다. 현재는 월드스타인 이병헌의 신부가 되어 유명해진 탤런트 이민정의 표지를 연출했었다. 벌써 15년이 지났다. 그때의 표지를 찾아보니 "이민정의 헤어를 담당한 서선민 원장(서선민헤어라인, 기술강사, 미용장)은 전북 기능올림픽 금메달, 프랑스 MCB대회 입상으로 미용계의 이목을 집중시키며 혜성처럼 등장했다. 감각적이고 민첩한 작업 실력은 물론 서글서글한 성격으로 촬영장 분위기까지 이끌었다. 촬영을 위해 준비한 의상 등을 꼼꼼히 체크하며 헤어와 메이크업 테마를 정하고 긴박한 분위기의 촬영장에서도 조용하고 기민하게 한 컷 한 컷 이민정만의 스타일을 만들어 주었다"고 쓰여 있다. 10여 년이 훨씬 지났는데도 지금의 서선민 원장을 보는 것 같아 즐겁다.

두 번째는 지난 2019년 7월호 창간 20주년 기념호였다. 뮤지컬 배우로 한창 이름을 알리고 있는 김단아란 연예인이었다. 김단아는 요즘 시와 함께 문인화를 그려 인기를 끌고 있는 김주대 시인의 따님이다. 김주대 시인과 기자와는 오랜 친분을 유지하고 있는데 창간 20주년을 맞이하여 김단아 배우, 서선민 원장 그리고 우리 모두에게 뜻깊은 자리였다. 최근에는 지난 2020년 8월호에 윤태화가 표지를 장식했는데 윤태화는 요즘 잘 나가는 가수가 되었다.

당당하게 살라는 어머니의 권유로 미용 시작

기자는 "어떻게 미용을 시작하게 되었냐?"고 물었다. 긴 세월을 돌아 물어본 질문이었다. "지혜롭고 자존심 강한 올곧은 성격의 소유자이신 저희 어머니는 제 인생의 첫 번째 멘토입니다. 어머니는 저에게 미용을 권하면서 19세 때 미용학원에 입학시켰습니다. 여자도 경제력이 있어야 하고 당당하게 남자들과 함께 사회생활을 해야 한다는 논리였습니다. 그러면서 항상 책임감과 성실함을 강조하셨고 어디에 있건 꼭 필요한 사람이 되어야 한다고 하며 처음과 끝을 항상 같게 하라고 말씀하셨죠. 결론은 부모님 특히 어머니의 권유로 미용을 시작하는 계기가 되었고 저는 그저 말 잘 듣는 착한 딸이었나 봐요"라며 웃었다.

연예인들 중에 '《뷰티라이프》 잡지 표지를 하면 잘된다'는 속설이 있는데 가만 생각해보니 서선민 원장이 연출한 이민정이나 김단아, 윤태화 모두 잘 나가고 있으니 그 말이 맞는 얘기인 것 같다. 좋은 사람들의 기는 이렇게 융합 상승 작용을 한다.

서선민 원장이 언젠가 꿈 얘기를 했다. "제가 그렇게 소망했던 4수만에 기능대회 금메달 따기 며칠 전 꿈을 꾸는데 아주 선명한 컬러 꿈을 꾸었어요. 한번도 지금까지 컬러 꿈을 꾼 적이 없었거든요. 연습장에 등받이가 없는 검정색 소파가 있었어요. 그 위에 형형색색 빛깔 고운 꽃들이 수북이 깔려 있는데 인부들이 연습실

에서 화분들을 분주히 내가고 있더라고요. 그 화분들을 보니 화분 잎이 새파랗고 아주 튼실해요. 그런데 화분이 투명 화분인데 흙이 있어야 하는 화분 속에 형형색색의 예쁜 꽃잎들이 흙 대신 가득 들어 있는 거예요. 제가 혼잣말로 '이쁘긴 한데 금방 썩을 텐데' 하고 뒤돌아서면서 또 하는 말이 '그래도 거름은 되겠다' 하면서 꿈을 깼어요. 너무도 선명한 꿈이라 잊지를 않고 있죠. 가끔 이런 생각을 해요. 그 기능내회에서 금메달을 수상하므로 그때부터 많은 교육을 시작했는데 그 나무가 제가 교육하는 미용인, 학생들이고 그 화분의 꽃은 내가 아닐까 하는 생각. 그래서 내가 거름으로 양분을 주는 역할을 하나? 이런 생각이 종종 들어요. 그러면서 내가 그 화분 속 꽃 거름이 아니고 꿈에 싱싱한 나무였으면 지금의 나는 어떤 모습을 하고 있을까? 현재와는 다른 모습일까? 어떻게 생각하세요, 국장님?"

서선민 원장의 질문을 받고 기자는 입가에 웃음을 띠지 않을 수 없었다. 아직도 이런 마음의 결을 가지고 살아가는 사람이 몇이나 될까. 그러면서 가슴 한구석에 뿌듯함과 함께 자랑스런 마음이 뭉게뭉게 피어오르는 것이다.

서선민 원장, 그녀는 교복 입은 소녀의 마음을 지금도 지니고 있는 것이 아닐까. 천사들이 아마 이런 마음을 가졌을 거야, 거미줄을 수놓고 있는 투명한 새벽 이슬방울처럼. 좋은 사람은 보는 이의 마음을 행복하게 만드는 마력이 있다. 그 마력이 우리 미용계를 훈훈하게 하는 원동력이다.

비 오는 날, 기자는 막걸리를 마시고 날개 숨긴 천사에게 전화를 걸어 또 무엇인가 알 수 없는 술주정을 하리라.

서선민 원장 프로필

- 서선민헤어 대표(백년가게 선정)
- 정읍시 1호 명장
- 우수숙련기술자
- 대한민국 산업현장 교수
- 아르파협동조합 대표
- 원광디지털대학교 한방미용예술과 교수
- 소상공인진흥공단 기술전수 컨설턴트
- 일본 미용동경학교 졸업
- 조선대학교 미용향장학과 석사
- 원광대학교 뷰티디자인학과 박사
- 대한미용사회 정읍시지부장
- 대한미용사회 전라북도 총괄기술분과위원장
- 대한미용사회중앙회 기술위원, 강사
- 미용, 이용기능장

수상
- 뉴욕IBS 한국선수선발대회 퍼머넌트 은상, 헤어바이나이트 금상, 컨슈머 동상 수상
- MCB프랑스세계대회 컨슈머, 헤어바이나이트 은상 수상
- 전라북도 기능경기대회 미용작품 금상 4회 수상
- 전국기능경기대회 미용직종 금상
- 국무총리 표창
- 국제기능올림픽 헤어디자인직종 국가대표 배출, 우수상 배출
- 전라북도 기능경기대회 미용직종, 헤어디자인직종 금, 은, 동 다수 배출
- 전국기능경기대회 헤어디자인직종 금메달 및 우수상 배출

한국미용 세계 4연패를 이루다

권기형 대한미용사회중앙회 국제분과위원장

하느님은 그에게
— 권기형 위원장

하느님은 그에게
넓은 어깨와 무성한 수염 대신
바람결을 가르는 섬세한 손가락과
한국의 멋을 느낄 수 있는
아름다운 마음을 주었네
그는
바람결을 손으로 움켜쥐고
우리만의 곡선을 창조해갔네
그의 솜씨가 빛을 발하던 날
세계는 감탄했고
대한민국 미용은 덩실덩실 춤을 추었네
스승님 덕분이라는 겸손도 잊지 않네
지금도 우리의 자연은
시시각각으로 때깔을 달리하고
우리의 아름다움을 찾는
그의 손은
여기저기에 있네
봄 여름 가을 겨울에 더하여 환절기까지
그는 손으로 노래하네
마음으로 춤을 추네

대한민국 미용계의 보배

　권기형 대한미용사회중앙회 국제분과위원장은 우리 미용계의 보배다. 선수로서 국제트레이너로서 지금까지 그가 보인 성과는 말로 표현할 수 없다. 물론 김동분이라는 스승을 잘 만난 덕분이기도 하지만 어디 그런 업적이 끊임없는 노력과 성실한 인간성 없이 이루어질 수 있단 말인가. 더구나 국제트레이너로서 이룬 우리나라 미용국가대표의 헤어월드 4연패는 세계 미용사에서 찾아볼 수 없는 쾌거다. 끊임없는 연구와 노력, 그리고 단단한 팀워크가 만들어낸 쾌거 중의 쾌거라 할 만하다.

　옆에서 지켜본 권기형 위원장은 야들야들한 갈대를 닮았다. 바람이 불면 바람과 같이 쓰러졌다가 다시 제자리를 찾아 우뚝 서는 갈대. 더불어 칭찬 앞에 손사래치는 모습이 지금도 눈에 선하다.

미용국제트레이너는 변화하는 세계적인 작품의 흐름을 알아야 하는 것은 기본이고 국가대표팀을 이끌어나가는 리더십도 중요하다. 그건 인간성과 결부된다. 미용국가대표들은 실력에선 내노라하는 친구들이다. 그런 개성을 가진 국가대표팀을 한 팀으로 묶는다는 것은 결코 쉬운 일이 아니다. 그런 국가대표팀을 이끌고 세계대회 4연패를 이루어냈으니 그의 노력과 열성이 짐작이 가고도 남는다.

여기에는 전 국제분과위원장을 역임했던 김동분 원장의 힘이 컸던 것도 사실이다. 김동분 원장과 권기형 트레이너의 호흡은 환상에 가깝다. 두 사람 다 상대편을 배려하는 마음을 가지고 있었기에 가능한 일이었다고 믿는다. 김동분 원장을 믿고 따르는 그의 모습은 후배들에게 귀감이 되고도 남는다.

국가대표 시절, 큰일 낼 것이라는 예감

그렇다면 권기형 위원장은 어떻게 미용을 시작하게 되었을까 하는 궁금증을 유발한다. 그는 1983년 누나의 권유로 미용을 시작했다. 그 후 2001년에 국가대표 선발전에 출전하여 국가대표가 되었다. 국가대표 발탁 후 2002년부터 2004년까지 국가대표로 활동하였다. 그리고 2005년부터 현재까지 국제트레이너로 활동하면서 OMC 헤어월드, 유럽챔피언십, 아시아챔피언십, 월드챔피언 메달 획득 등 혁혁한 공을 세웠다. 국제기능올림픽 국가대표를 지도하며 다수의 메달을 획득한 것도 이때다.

또한 국제분과위원장으로서 해마다 OMC의 트렌드 작품인 컬러, 커트, 업스타일을 배워와 국내 미용인들에게 세미나를 통하여 보급하고 있다. 중앙회 기술강사로 전국 투어 세미나를 개최함은 물론이고 배움에도 열정을 다해 서경대에서 미용예술학 석사와 박사를 받기도 했다. OMC에서 주는 공로상과 우수 심사위원상, 챔피언트레이너상 등도 수상해 국제적인 강사로서 인정받고 있다.

권기형 위원장을 처음 만난 것은 권기형 위원장이 국가대표로 있던 시절이었다. OMC 헤어월드 오스트리아 비엔나 유럽챔피언십 수상 후 중앙회에서 국가대표 기자회견이 있었는데 야들야들한 몸매와 목소리에 비해 기상과 패기가 남달라 보였다. 기자의 직감으로 앞으로 큰일을 할 것이란 믿음이 들었고 지금까지 승승장구하고 있다. 권위보다는 배려심을 앞세운 그의 천성이 한몫을 했다.

서경대에서는 미용 후학들을 가르치고 있다. 언젠가 권기형 위원장이 기자에게 이런 제안을 한 적이 있다.

"지금까지 내가 세계대회 규정을 알고 세계적인 작품을 배우고 지도해온 것은 개인의 것이 아니다. 내가 알고 있는 미용기술은 대한민국 미용인의 재산이며 그 재산을 나눠줄 의무가 나에게는 있다. 국장님께서 미용인들을 모으면 최소한의 비용으로 가르쳐줄 용의가 있다."

그러면서 한 가지 일화를 소개했다. "언젠였던가. 소도시의 정말 작은 지부의 무료 세미나를 갔었다. 세미나를 마친 후 한 원로 미용 선배님께서 저의 손을 꼭

잡고 이런 시골까지 와줘서 감사하다며 눈물을 흘리시는 거였다. 이때 내 기술을
전국의 미용인들께 전수해야겠다는 마음을 굳게 먹고 지금까지 실천하려 노력하
고 있다"는 것이다. 얼마나 아름다운 마음씨인가. 이런 마음으로 미용을 위해 봉
사해왔기에 많은 미용인이 그를 좋아하고 따르는 것이다.

실수를 인정하고 극복하라

언젠가 그에게 보람되고 즐거웠던 일이 많았을 것이라고 묻자, "숍에서 고객을

아름답게 꾸며주었을 때 고객이 만족하며 진심어린 말투로 고맙다는 말을 들었을 때 가장 보람되었다. 또 교육을 통하여 미용 후배들에게 꿈과 희망을 준다고 느꼈을 때 가장 행복하다"고 말했다.

한번은 대한미용사회중앙회로 온 편지를 받았는데, 그 편지 내용은 '권기형 강사를 롤모델로 삼고 열심히 노력하여 권기형 강사와 같은 훌륭한 미용이 되고 싶다'는 것이었다. 그 편지를 보고 어떻게 감동하지 않을 수 있으랴.

이제는 세계적인 국제트레이너가 된 그도 처음 미용을 할 때는 실수가 많았다고 한다. 특히 펌 중화제의 역할을 잘 몰라 머리 절반이 생머리로 나왔던 일, 대회 준비 중 모델 모발을 녹였던 일, 대회 중 마무리에서 물을 잘못 뿌린 일, 혼자서 국가대표 작품을 다르게 한 일 등을 거론하며 그런 실수를 되풀이하지 않고자 노력했던 게 오늘의 그를 만든 요인이 아니겠느냐고 반문했다.

우리 미용계에는 미용기술이 뛰어난 미용인들은 엄청 많다. 그러나 권기형 위원장처럼 그 기술을 나누고 함께 성장하고자 하는 미용인은 그다지 많지 않은 것 같다. 그가 왜 존경받으며 박수를 받는지 알 수 있는 가장 큰 이유다.

그의 전화 속 목소리는 항상 밝고 명량하다. 지금도 어느 작은 도시에서 미용인들에게 나눔의 기술 봉사를 하고 있을지 모르겠다. 대한민국의 미용을 세계에 알리고 있는 그의 하루는 이렇게 나눔으로부터 시작되었다. 그가 가는 길이 대한민국 미용의 미래다.

권기형 국제분과위원장 프로필

- 서경대학교 미용예술학과 교수
- 대한미용사회중앙회 대구 수성구지회장
- 대한미용사회중앙회 국제 트레이너 및 국제분과위원장

수상
- 2001년 중앙회장배 전국미용경기대회 컨슈머 은상, 헤어바이나이트 금상, 국가대표 발탁
- 2002년 프랑스 MCB세계이미용경기대회 컨슈머 2위, 헤어바이나이트 1위, 컬러 1위, 종합 1위
- 2002년 독일 룸베그 국제미용경기대회 컨슈머 1위, 헤어바이나이트 1위, 컬러 1위, 종합 1위
- 2004년 이탈리아 밀라노 2004 헤어월드 챔피언십 아시아 1위, 세계 6위
- 2013년부터 2020년 러시아 OMC, 대만 OMC, 영국 런던 기능올림픽, 독일 프랑크푸르트, 브라질 상파울루 국제기능올림픽, 프랑스 파리유럽챔피언십대회, 한국 서울 헤어월드챔피언십대회 등 국가대표 지도, 세계 4연패 달성
- 2006년 CAT Korea 세계미용경기대회 심사위원
- 2008년 대구 봉산문화갤러리 헤어아트 개인 전시회
- 2009년 국제기능올림픽 헤어디자인직종 국가대표 지도위원
- 2011년 멕시코 칸쿤 헤어쇼
- 대한미용사회중앙회장 표창
- 보건복지부장관상, 노동부장관상 수상
- OMC 헤어월드 명예의 전당 공로상 수상

아름다움을 전파하는 미용인

김경희 대한미용사회중앙회 기술강사

아름다움을 선물합니다
— 김경희 기술강사

'기술은 체구에 구애받지 않는다'
이 말을 증명하듯
전국 방방곡곡을 돌며
미용 기술을 보급하는
작은 거인이 있었네
선진 미용기술과 인간성은 기본
아름다움까지 갖췄네
그녀를 기다리는 세미나장은
환호성의 물결을 이루었고
그녀의 기술은
세상을 아름답게 수놓았지
눈을 지그시 감으니
후회 없는 인생
이제 나를 내면으로 가꾸리라
다짐해보는 오늘,

그녀가 뿌린 작은 씨앗이
미용인의 손길 따라
세상에 흩날리고 있음을
우리는 아네

그녀의 호방한 웃음소리
보이네

실력과 매너 갖춘 고급 미용강사

기자가 미용계에 입문한 20세기 말(?)만 해도 미용계는 세미나 전성시대였다. 세미나를 통하여 새로운 기술이나 제품을 공부하고 배우던 시대였다. 그 당시 소위 잘 나가는 미용강사로는 송부자, 김교숙, 최영희 등이었다. 세 강사는 전국을 누비며 몇 백 명씩 모이는 대형 세미나는 물론이고 크고 작은 세미나의 강사로서 큰 인기를 끌었다. 기술을 배우고자 하는 미용인이 많아 전국에 제자들이 많았다. 지금은 상상도 못할 일이지만 당시 미용계에서 스승과 제자는 관계가 매우 돈독했다.

21세기 초에 접어들고 세 강사의 활동이 뜸해지면서 김성희, 장선숙, 전덕현 강사 등이 전국 스타강사로서 인기를 끌었다. 그 중 김경희 강사는 실력과 매너까지 갖춰 고급강사로 인기가 높았다. 특히 업체 대표들은 김경희 강사를 세미나 강사로 모시고자 많은 노력을 들였다. 기자도 몇몇 업체로부터의 김경희 강사를 업체 세미나 강사로 모셔달라는 부탁을 받기도 했다. 1996년부터 김경희 강사와 인연을 맺었기에 허심탄회하게 김경희 강사께 부탁했고 특별한 일이 없는 한 김경희 강사는 세미나에 응해 주었다. 지금 생각해도 고맙고 감사한 기억이다.

사람 사이의 관계에서 유난히 부담 없고 스스럼없이 다가갈 수 있는 사람이 김경희 강사였다. 만나면 편하게 웃을 수 있고 무슨 얘기라고 나눌 수 있는 몇 안 되는 미용인 중 한 사람이었다. 언제부턴가 기자는 김경희 원장한테 전화할 때 "애인이에요"라고 천연덕스럽게 말하곤 했다. 김경희 원장의 반응은 "무슨 애인이 손 한번 안 잡고 얼굴 보기도 힘드냐"라며 호쾌하게 웃는 것이다.

한번은 이런 일도 있었다. 어느 여름날이었던 것으로 기억된다. 작품 촬영 때

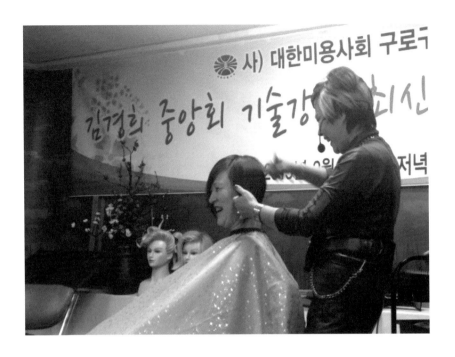

문에 전화 통화하다 말끝에 "한번 놀러와. 애인인데 몸보신 시켜줄게"라는 김경희 원장의 말이 씨가 되어 며칠 후 부천에 있는 숍에 간 적이 있었다. 몸보신하자며 들어간 곳은 보신탕을 전문으로 하는 식당이었다. 그곳에 잘 생긴 남자가 이미 와 있었다. "우리 애인이야. 몸보신 시켜주려고 왔어" 김경희 원장은 기자를 잘 생긴 남자한테 소개했다. 알고 보니 그 잘 생긴 분은 김경희 원장의 남편이었다. 김경희 원장은 그런 사람이었다. 사람을 편하고 스스럼없이 대했다. 그날 기자는 잘 먹지 않는 보신탕을 맛있게 먹을 수 있었다.

역지사지의 마음씀씀이를 실천하다

앞에서도 말했지만 업체 대표들이 선호하는 강사 중의 강사가 김경희 강사였다. 업체의 애로를 알고 품격을 지키면서 제품을 미용인들이 쓸 수 있도록 한다는 게 업체 대표들의 공통된 의견이었다. 그만큼 상대편의 입장을 존중하는 김경희 강사의 마음 씀씀이를 알 수 있는 대목이다.

기자가 좋아하는 단어는 '역지사지易地思之'다. '서로의 입장을 바꿔 생각하라'는 뜻이다. 김경희 강사는 이미 알게 모르게 이 말을 실천하는 삶을 살고 있었던 것

이다. 세미나장이 만원이 될 수밖에 없는 이유이기도 하다.

김경희 원장은 결혼 후 이민을 꿈꾸었다. 그러던 중 미용에 관심을 가지게 되었고 이후 이민을 포기하고 독일로 미용 유학을 떠났다. 인기 강사 김경희의 미용 인생은 이렇게 시작되었다. 강사로서 전국의 미용인을 만나러 떠나는 것은 설렘이었으며 기쁨이었다고 말한다.

새로운 기술을 익힌 미용인의 '고맙다'는 인사와 '새로운 힘이 되었다'는 메시지는 김경희 강사를 더욱 채찍질하는 힘의 원천이 되었다. 그도

그럴 것이 전국, 특히 중소도시 미용인들은 새로운 미용기술에 목말라하고 있다. 기술을 배우고 싶어도 유명 강사들을 찾아 서울로 올 수 있는 시간이 허락되질 않는다. 시간이 허락될지라도 강사와 시간 맞추기가 결코 쉽지 않다. 그런 미용인들에게 세미나는 사막의 오아시스이다. 세미나를 통해 인연이 된 미용인이 지금은 전국에 분포해 있다.

김경희 원장은 이제 60대 후반의 나이다. 새로운 삶의 전형을 추구하며 자기만의 삶을 누리며 살고 있다. 가장 편안하게 하루하루를 설레며 살고 있다. 젊었을 때의 질투와 욕심을 버리고 찾은 삶이다.

자기의 삶이 소중한 만큼 지키면서 살고자 노력 중이다. 50대 때부터 시작한 산행과 60대에 접어들면서 배우기 시작한 기타가 삶에 활력이 되고 있단다. 남의 눈치 볼 것 없이 기타를 치며 서투른 공연도 하고 한가할 땐 노래도 부르고 있다. 몸에 활력을 불어넣어주는 탁구도 매일 친다. 살아 있음을 온몸으로 체감하며 사는 요즘 삶이다.

미용은 생활의 일부이자 동반자다

삶의 중심인 미용도 생활의 일부로 즐기면서 한다. 숍엔 오후에 출근, 예약 손님만 받는다. 바쁘게 살아온, 지나온 세월에 대한 보상이라고 한다. 많은 미용인이 동경하는 미용인의 삶이 이런 것이리라.

김경희 원장에게 미용을 어떻게 생각하느냐고 물은 적이 있다. "미용은 내 삶의 동반자다. 가정의 행복을 지켜주고 내 삶을 최고로 살게 해주는 게 미용이다.

더구나 나를 아는 누군가를 아름답게 해주는 것이 미용이니 이보다 더 좋은 것이 있을 수 있겠는가!" 미용에 대한 최고의 헌사다. 그만큼 그녀의 삶은 치열했으리라.

김경희 원장은 지금 최고의 인생을 살고 있는 것 같다. 그러나 그 삶은 그저 얻은 게 아니다. 미용인들에 대한 애정으로 전국을 돌며 자기의 기술을 진정으로 베풀었던 보답일 것이다.

김경희 원장이 누리는 행복한 삶을 우리 모든 미용인이 누리지 못하란 법은 없다. 대신 자기 계발에 정진하고 모든 미용인에 대한 애정이 가득했던 사람만이 누릴 수 있는 특권이라면 과언일까?

소탈한 성격의 김경희 원장이 세월의 변화를 체감하며 살자고 부르듯이 세상은 지금 온통 꽃 천지다. 아니 성질 급한 몇몇 꽃들은 그 여운을 남기며 흔적을 지우고 있다. 그렇다고 서운해하거나 섭섭해할 일이 아니다. 세월은 가고 추억은 남는 법.

지금 생각하면 김경희 원장과 기자의 인연도 오래됐고 소중한 기억 속에 똬리 틀고 있다. 누군가를 생각하며 흐뭇한 미소를 지을 수 있고 즐거운 추억을 떠올릴 수 있다는 것은 축복이다.

김경희 원장의 삶이 행복하고 즐거움의 연속이기를 빌어본다.

김경희 원장 프로필

- KBS 〈행운의 스튜디오〉〈무엇이든 물어보세요〉 생방송 출연
- 나드리화장품 월간지 헤어 담당 역임
- 제1회 ICD 미용대회 금상 수상
- 독일 유학 뷔페탈 MADAM VARE 메이컵 전 과정 수료
- INTER STUDIO HARDER SCHOOL 헤어 부문 전 과정 수료
- 독일 미용실 근무
- 독일 함부르크 ICD 세계총회 주니어커트 한국대표 작품 출품
- 영국 비달사순 헤어코스 수료
- 독일 웰라 헤어코스 수료
- 일본 미용전문학교 수료
- 영국 스플린터스스쿨 수료
- 서울보건대학 출강
- 대한미용사회중앙회 기술강사
- 미용기능장
- 숙명여자대학교 최고경영자과정 초빙교수 역임
- (사)대한미용사회중앙회 부천시지부장 역임

융합미용 전문가의 길을 가다

채선숙 정화예술대학교 미용예술학부 교수

해와 달같이 가자하네
— 채선숙 교수

아침 해 같은 사람이 있다
찬란한 햇살을 맞으며 하루를 설계할 때
모닝커피처럼 다가오는 사람
뜨거운 미소로 다가와
어깨와 등을 두드려주는 사람
미소 한번으로 힘을 불어넣어주는 사람

달 같은 사람이 있다
태양 같은 뜨거움은 아닐지라도
은은한 빛으로 다가와
그림자를 비춰주는 사람
달뜬 이마에 살포시
손바닥 얹어주는 사람

우리는 같이 가는 생이라고
말없이 행동으로 보여주는 사람 있다
그리하여
오늘도 해가 뜨고 달이 뜬다
길지 않은 삶
더불어 가자고
뜨겁게, 잔잔하게
이끌어주는 한 사람
예 있다

봄날 남산 꽃길 산책 약속했던 기억

사람마다 생각나는 추억은 하나씩 있게 마련이다. 그리고 어디를 가고 싶다든지 어떤 책을 보고 싶다는 생각 등을 하며 살고 있을 것이다. 기자는 이맘때만 되면 남산 산책길을 걷고 싶은 욕망이 매일매일 솟구친다. 사무실에서 가까운 곳이 남산이건만 그 생각은 공수표가 되어 이제 봄날 다 가고 있다.

남산 산책길은 봄이 되면 그야말로 꽃천지가 되어 환상의 풍경을 보여준다. 가을이면 또 어떻던가! 단풍이 꽃세상만큼이나 남산을 물들이고 있다. 그 길을 캔맥주 한 병 따들고 천천히 걷는 재미는 해보지 않은 사람들은 모른다. 연례행사처럼 했던 꽃구경을 올해는 코로나19 때문에 해보지도 못하니 통탄할 일이다.

대한극장 옆에《뷰티라이프》사무실이 있고 한 정거장 떨어진 곳에 오랜 전통을 자랑하는 정화예술대학교가 있다. 정화예술대학교 미용예술학부에는 채선숙 교수가 그 자리를 튼실하게 지키고 있다. 채선숙 교수는 숍과 교수직을 병행하다 몇 년 전부터 숍의 규모를 축소하여 연구실 개념으로 활용하고 지금은 교수직에 매진하고 있다. 몇 년 전이었던가, 이웃 주민끼리 남산길 산책이나 하자는 제안을 했었고 채선숙 교수는 흔쾌하게 허락했다.

가을이었던 것으로 기억한다. 기자는 여지없이 캔맥주를 손에 들었고 채선숙 교수는 커피를 들고 남산길 데이트를 했었다. 좋은 풍광은 맘에 맞는 사람과 함께했을 때 그 운치의 깊이가 배가한다. 사람 사는 맛도 이럴 때 더 확충한다. 그 추억이 지금도 생생하다. 그 이후로 채선숙 교수와 통화할 때마다 꽃이 피면, 바람이 불면, 단풍이 들면 남산길 산책을 다시 한번 하자고 기약만 하다 두 번을 못 하고 오늘날에 이르고 말았다.

　채선숙 교수를 떠올릴 때면 예의 그 웃음이 생각난다. 마음씨 좋지 않으면 웃을 수 없는 마법 같은 웃음을 채선숙 교수는 지니고 있다. 그 웃음은 마주하고 있는 사람들을 무장해제시킨다. 몇 년 전 교통사고로 병상에 누워 있을 때에도 그 웃음을 짓고 있었을 거라는 생각을 뜬금없이 해본다.

토탈뷰티 앞장서는 융합미용전문가로 거듭나다

　채선숙 교수의 고향은 전남 보성이다. 차 재배로 유명한 곳이다. 시골 출신들이 그렇듯이 채선숙 교수의 어린 시절도 가난했다. 아버지는 개인 역량 강화를 주문했다. 고교 졸업 후 몇 가지 일을 하다 전문직을 찾아 서울로 상경해서 피부관리사 공부를 했다. 오늘날 융합미용전문가의 길을 개척하고 있는 초석이 된 것이다. 늦은 나이였지만 배움에 대한 갈증은 끝이 없었다. 경영학사, 미용예술학 석박사 등을 마치고 융합시대를 대비 평생교육사, 사회복지사, 다문화가정상담사 자격증을 취득했다. 또한 토탈뷰티를 선호하는 융합전문가로서 머리부터 발끝까지 아름다움을 창조하는 '채선숙 뷰티클럽'을 30여 년 동안 운영하며 서경대와 국제대에서 겸임교수로서 학생들을 가르쳤다.

　2010년에 정화예술대학교의 전임으로 임명되어 미용전공학과장을 거쳐 가발

헤어패션쇼, 다양한 헤어쇼와 패션쇼, 서울패션위크, KBS 행복한 결혼식, 국민나눔대축제, 서울국립맹학교, 강남구 패션페스티벌, 서울시 장애인체육대회, 서울시 김치축제, 전국 대학생디자인대전, 각종 미용대회, 음악회, 세종시문화재단 행사, 꽃문화협회행사 등 많은 행사에 참여했다.

이런 노력의 결과 보건복지장관상을 수상하였으며, 전통머리 개인전과 대학교재 출판, 논문, 작품 및 포럼 발표, 컬럼 연재, 방송 출연, 풍류분장 담당 등 현재까지 융합미용전문가 및 교육자로서 눈코 뜰 새 없는 시간을 보내고 있다. 이러니 남산길 산책을 하자고 어리광을 부리는 기자가 바보다.

채선숙 교수는 바쁜 일정 속에서도 봉사활동을 빼놓지 않고 있다. 어린 시절 가난의 아픔을 잊지 않고 있는 것이다. 기억에 남는 것이 지난 10여 년 동안 KBS 〈행복한 결혼식〉에서 만난 수백 쌍의 다문화사람들이라고. '60세가 넘어 드레스를 입고 결혼할 수 있게 해주어 정말 고맙다'고 눈물을 글썽이는 할머니 신부들을 뵐 때는 말할 수 없이 기뻤으며 그의 작은 손을 통하여 타인에게 행복함을 줄 수 있어 큰 감동이었다고 한다. 서울국립맹학교에서 커트 봉사 후 보이지는 않는데도 '멋지게 해주어 아주 마음에 든다'고 호주머니에서 고이 간직한 사탕을 꺼내어 손에 쥐어주었을 때의 감동은 지금까지 간직하고 있다.

채선숙 교수는 미용인으로서, 융합미용전문가로서, 교육자로서 K-뷰티를 발전시키는 지식, 기능, 예술, 인격적인 성장이 전통머리의 역사와 재현 그리고 계승

142

발전을 반드시 이뤄야 할 과제라고 생각한다. 전통머리에 대한 정체성과 계보를 정리하는 연구 및 계승발전에 대한 사명감을 가지고 20여 년 동안 연구하고 있다. 이는 한국미용산업의 미래 비전을 위해서 꼭 필요한 일이기 때문이다.

배울 것이 많아 즐거운 인생

요즘에는 정화예술대학교 미용예술학부의 발전과 전문가를 위한 인재양성 및 개인역량강화를 위한 학생지도에 몰입하고 있다. 더불어 미래의 융합미용인을 위한 미용복지에 대한 연구와 코로나19로 인한 원격교육에 대한 세계시장 진출 등을 다각적으로 연구하고 있다.

언젠가 채선숙 교수와 미용에 대해 말했던 적이 있다. 그는 "미용은 아름다움을 창조하고 추구하며 평생 동안 할 수 있는 소중하고 행복한 미용놀이문화"라고 말했다. 그러면서 "미용은 행복을 배달해주는 행복바이러스이며 보람 있는 직업으로 관심 있는 후학들에게 알고 있는 지식을 전달하고 함께 연구하고 소통하는 게 재미있다. 특히 미용분야에서 정체성을 찾을 수 있는 전통머리 가치와 중요성 및 계승발전에 대한 사명감 필요하므로 후학들이 함께 고민해 주길 바란다"고도 했다. 교수로서 느끼는 재미와 함께 채선숙 교수의 무게를 동시에 느낄 수 있었다.

채선숙 교수는 말할 때 진지함을 잃지 않는다. 채선숙 교수와 대화할 때 지루하거나 싫증나지 않는 이유는 교수로서 융합시대 미용전문가로서 그녀의 역할을 믿고 있기 때문이다. 아직도 배울 것이 많아 재미있고 즐거운 세상을 살아가고 있다는 채선숙 교수는 앞으로 우리 고전머리, 전통머리의 계승 발전 및 연구와 미용

교육을 통한 세계시장 진출, 교육자로서 융합미용전문가로서 미용인의 복지 및 학생들의 행복 추구 연구, 즐겁고 재미있게 할 수 있는 교육개발 연구, 미용융합복지에 대한 연구, 미용봉사를 통한 소확행 등을 꿈꾸고 있다.

수묵화와 켈리그라피를 배우겠다는 의지도 엿보인다. 몇 년 전 교통사고를 당한 후유증을 한국무용의 복식호흡으로 이겨내고 있으며, 95세가 된 어머니와 함께 여행하기를 즐겨하는 효도도 하고 있다.

때로 사람의 능력은 상상을 초월한다. 그러나 그 능력은 가만히 있는 자에게 저절로 찾아들지 않는다. 신념을 가지고 노력하는 자에게 그 힘은 창출될 것이다. 채선숙 교수한테서 그 힘을 느낀다. 햇살이 눈부시게 아름다운 날의 연속이다. 때로는 게으름이 조급함보다는 낫다고 하지 않던가. 이런 날 이웃사촌에게 떼쓰지 않으면 누구에게 떼쓰겠는가. 오늘은 채선숙 교수를 꼬셔서(?) 남산길 산책을 기어이 다녀올 일이다.

채선숙 교수 프로필

- 미용예술학 박사, 평생교육사, 사회복지사, 다문화가정상담사
- 서경대학교 대학원 미용예술학 박사
- 한국우리머리연구소 원장
- 전통머리 장식보존회 회장
- NCS 헤어미용 교재 편찬위원
- NCS 헤어미용 현장교육훈련전문가
- NCS 학습모듈 집필위원
- 전국대학생 디자인공모전 뷰티패션분과협회장
- 한국미용예술경영학회 평생이사
- (사)국제미용교육연합회 출제, 감독 위원
- 채선숙 뷰티클럽 대표 역임
- 정화예술대학교 미용예술학부 미용전공 학과장 역임
- 서경대학교, 국제대학교 겸임교수 역임
- 중국 국가외국전무가국 미용전문가 한국대표
- 한국보건산업진흥원 뷰티컨설턴트
- 현 정화예술대학교 미용예술학부 전임교수

미용 엘리트의 산실, 미용장의 위용을 드높이다

어수연 (사)한국미용장협회 이사장

빛나는 자리
— 어수연 이사장

엘리트 미용인들이 모여 있는 곳
한국미용장협회는 1000여 미용인의 산실이라네
미용인의 NASA
미용인의 꿈을 이루는 곳
그곳에서
한마음체육대회를 열고
앞선 트렌드를 만들고
글로벌 미용인을 만드는 사람
어수연 이사장
이제
한국기능장연합회 회장까지 맡아
미용인의 위상 드높이네
— 고향이 어디 드래요?
— 강원도래요
경사로구나
엘리트 미용인의 힘
합쳐 뭉쳐
세계 속의 대한민국 미용인
가장 기술 좋은 미용인
많이 많이
육성해보세

한국미용장협회 행사는 꼭 참여하도록 노력하다

미용계에는 해마다 많은 행사가 있다. 행사가 많다는 것은 미용계가 살아 있다는 증거이고 그런 의미에서 기자는 되도록 많은 행사에 참석하려 노력하고 있다. 그러나 참석하고 나서 괜히 찜찜한 마음이 드는 행사도 더러 있다. 미용계를 잘 모르는 사람이 자신이 미용계를 좌지우지하고 있다는 얘기를 하는 모습을 보는 것은 여간 곤혹스러운 일이 아니다. 학생들은 물론 미용계에 갓 입문한 미용인들은 그 얘기를 믿을 수밖에 없지 않겠는가. 기자가 시답잖은 행사에 참석하지 않는 이유 중의 하나이기도 하다.

설레는 마음으로 기대를 가지고 참석하는 행사가 있으니 엘리트 미용인들의 산실인 한국미용장협회의 행사다. 한국미용장협회의 행사 중 몇 가지를 예로 들어보자. 그 중 백미는 2017년부터 해마다 진행해오는 〈미용장 한마음체육대회〉다.

한마음체육대회는 2017년 당시 어수연 이사장이 제11대 한국미용장협회 이사장으로 취임한 이후 지금까지 3회까지 치렀다. 운동만큼 협회 가족들을 한마음, 한뜻으로 단결케 하는 행사도 드물 것이다. 더구나 한마음체육대회는 청백군으로 나누어 공굴리기, 줄다리기 등 단합에 주안점을 두고 경기를 벌인다. 중간중간에 장기자랑과 지회별로 응원전을 펼쳐서 그야말로 축제분위기에서 치러진다.

기자는 대전에서 열리는 행사에 초대받아 빠짐없이 참석해오고 있는데 미용계의 신나는, 성공한 행사 중 하나라고 손꼽는다. 점심시간 때는 각 지역에서 올라온 먹거리들을 서로 나눠 먹으며 미용인의 정과 우애를 다지기도 한다.

헤어트렌드 작품 공모전도 돋보여

또 한 가지는 2019년부터 시작해온 〈헤어트렌드 작품 공모전〉이다. 헤어트렌드 작품 공모전은 시대를 앞서가는 트렌드를 공모해 산업현장에서 유행할 수 있도록 기획한 야심찬 행사다. 기자는 십여 년 전부터 앞서가는 미용인들에게 앞선 헤어트렌드 만들 것을 권유했었다. 미용인들이 새로운 트렌드를 제시함으로써 유행을 선도해나가야 한다는 생각 때문이었다.

2019년에 미용장협회에서 〈2020 헤어트렌드 공모전〉을 한다기에 쌍수를 들어 환영했다. 엘리트 미용인 단체인 미용장협회에서 하면 금상첨화라는 생각이 들

였던 것이다. 재작년과 작년 심사위원 중 한 명으로 참여한 것도 기자에겐 영광이었다. 어수연 이사장은 심사위원으로 유명 프랜차이즈 대표, 대학교수, 유명 미용인, 미용언론인 등을 다양하게 포진시켜 심사의 공정함과 함께 현장성을 강조하고 있다. 공모전을 통해 선발된 작품은 헤어쇼를 통해 일반인과 미용인들에게 선보여 유행을 선도해나가고 있다.

2019년에는 〈헤어미용문화 100년사 전시 및 고전머리체험관 운영〉 행사도 했다. 서울시청 시민청에서 열렸는데 기자가 참석한 것은 물론이다. 어떤 조직이든 역사를 바로 알아야만 제대로 된 미래를 설계할 수 있다고 믿는다. 기자가 어수연 이사장의 행보에 박수를 보내고 조언을 아끼지 않는 이유다.

지난 2020년 2월, 제12대 한국미용장협회 이사장 취임식 때 기자는 축사를 했었다. 그때의 잡기장을 읽어보니 "미용계에는 '회장이 직업'이라는 우스갯소리가 있습니다. 어느 단체든 한번 회장직을 맡으면 영원히 하려는 속성을 비꼬는 말입니다. 물은 오래 고이면 썩는 법. 새로운 피가 돌아야 조직이 활성화하고 발전한다는 사실을 모르는 이는 없을 것입니다. 관습화한 틀 안에서 혁신은 없습니다. 급격한 변화를 요구하는 시대에 이런 매너리즘은 시대의 부응에 적합할 리 없습니다. 나는 다른 사람과 달리 특출한 능력을 보유했다고 믿는 순간이 크나큰 함정입니다. '내가 아니면 안 된다'는 안이한 인식이 야금야금 조직을 좀먹습니다. 물론 각 단체마다 정관이 있고 그 정관에 따라 단체장도 선출하고는 있습니다. 기자가 알고 있는 미용계 단체 중 회장 연임 규정을 제한하고 있는 단체는 없습니다. 하루 빨리 정관을 고쳐 회장 임기를 단임제 또는 중임제로 하는 단체가 나와 미용 단체의 귀감이 되었으면 좋겠습니다"라고 적혀 있었다.

축사에서 연임 규정을 말했으니 잘못 생각하면 불쾌할 수도 있었겠으나 어수연 이사장은 그런 기색 없이 메모장에 적고 있었다. 그만큼 어수연 이사장은 미용 계를 위한 고언이라면 사심 없이 들었다. 믿음이 가지 않을 수 없다.

어수연 이사장은 2019년 발족한 (사)한국기능장연합회의 초대 회장도 맡아 미용인의 위상을 드높이고 있다. (사)한국기능장연합회는 한국미용장협회, 한국조리기능장협회, 한국제과기능장협회, 한국표면처리기능장협회, 한국건축시공기능장협회, 한국전기기증장협회, 한국용접기능장협회, 한국배관기능장협회, 한국에너지관리기능장협회, 한국자동차정비기능장협회, 한국가스기능장협회 등 11개 단체로 결성되어 있다.

한마디로 한국을 대표하는 기능장들의 연합체가 (사)한국기능장연합회인데 초대 회장을 어수연 이사장이 맡았으니 미용인의 경사가 아닐 수 없는 것이다. 더구나 산하 단체 회장들은 그 분야에서 내노라하는 분들이다. 이것은 미용인이 사회적으로 대우받고 있다는 좋은 예로써 어수연 이사장만의 개인적인 영광이 아니라 우리 미용인들의 영광인 것이다.

시대 앞서가는 미용인의 표본

어수연 이사장은 강원도가 고향이다. 고교 졸업 후 모교에서 근무하다 우연히

미용학원을 다니게 되면서 미용과 인연을 맺었다. 교육에 대한 열의가 높아 미용학 석박사를 취득했다.

어수연 이사장은 "미용은 '아름답게 보이기 위해 얼굴, 머리 등을 다듬고 가꾸는 일'이라고들 하지요. 하지만 미용이 단순하게 머리를 다듬어주는 직업, 단순한 기술이 아니기에 헤어스타일이 우리 외모의 80% 이상 변화를 주고, 그로 인해 기쁨과 자신감도 주며 디자이너에 대한 신뢰감도 주고 있다. 또한 머리카락은 신체의 일부이기에 미용직업에 대한 자긍심과 사명감이 있는 미용을 사랑하는 사람이 미용을 직업군으로 선택하였으면 한다. 미용은 단순한 기술이 아니고 체계적인 이론을 바탕으로 기술과 더불어 감성이 포함된 그런 복합적인 기술이 되어야 된다고 생각한다"고 언젠가 말했다.

그리고 "지난 선거 때 회원들의 목소리에 귀 기울여 임기 동안 미용장 회원의 위상과 권익이 바로설 수 있도록 회원들의 가장 기본적인 소양과 개인의 능력을 향상할 수 있도록 많은 교육프로그램을 준비하고 있다."

앞서가는 사람들은 무언가 다르다는 걸 어수연 이사장은 몸소 보여주고 있다. 소녀 같은 모습이지만 미용 이야기가 나오면 열변을 토한다. 미용을 사랑하는 어수연 이사장의 마음을 잘 알 수 있는 대목이다. 오늘은 어떤 계획을 세우고 있는지 저녁을 핑계 삼아 사무실이 있는 대학로로 쳐들어가볼 예정이다.

어수연 이사장 프로필

- 원광대학교 미용학 박사
- 현) 사)한국미용장협회 이사장
- 현) 사)한국기능장연합회 회장
- 아이비뷰티 디자인연구소 소장
- 국가자격 미용장
- 직업능력개발 훈련교사 자격 이·미용2급
- 전국기능경기대회 헤어디자인 심사위원
- 인천광역시 지방기능경기대회 미예분과위원장
- 지방기능경기대회 헤어디자인 심사장
- 한국미용예술학회 부회장
- 한국미용학회 이사
- 『NCS기반 기본 업스타일』『NCS기반 크리에이티브 업스타일』공동저자
- 지방기능경기대회 금상

미용계의 행복전도사

이수희 청암대학교 뷰티미용과 교수

그대 있는 곳에 웃음이 있네
— 이수희 교수

건장한 체구의 여인이 나타나네
주위 사람들은 벌써 웃음을 준비하네
그녀는 웃음제조기
행복전도사
하느님은 그녀에게
천 년을 살 활력을 주셨네
여인의 임무는 그 행복을 나눠주는 일
학교에서 미용계 행사에서
봉사 현장에서 미용장 안팎에서
그녀는 최선을 다하네
웃음과 행복을 나눠주네
하느님의 조수 역할 충분히 다하네
오늘도 그녀는
예쁜 얼굴을 보다듬고
위풍당당하게 나서네
그녀의 행차 거리낌이 없네
행복과 웃음 모두 전파할 걸
우리는 우듬지처럼 믿네
이제 완도 '책공주'까지
그 행복 당도하니
위메 좋아부러라

세 사람의 스승을 모시고 있다는 사람

이수희 교수는 미용계 3대 사회자 중의 한 사람이다. 행사가 있는 곳에 그녀가 있다. 특히 서울벤처대학원대학교 행사나 한국미용장협회 행사의 사회는 100% 이수희 교수가 본다고 보면 틀림이 없다. 기자는 미용계의 많은 행사 중에서 한국 미용장협회나 서울벤처대학원대학교 행사에는 특별한 일이 없는 한 참석하고 있으니 이수희 교수가 사회 보는 장면을 꽤나 많이 목격한 사람 중의 하나일 것이다.

이수희 교수의 사회에는 힘이 있다. 에너지를 남에게 전달하는 특별한 힘이 그녀에게는 있는 것이다. 이는 무척 중요한 일이다. 기자는 그렇게 남을 행복하게 미소 짓게 하는 사람이 좋다. 힘이 넘치는 에너지를 나눠주는 데 누가 싫다고 할 수 있겠는가. 아무튼 이수희 교수가 있는 행사장에는 힘이 넘친다. 활력이 있는 곳에 이수희 교수가 있다. 호탕하게 웃는 그녀의 모습에 빠지지 않기란 힘든 일이다.

이수희 교수에게는 세 사람의 스승이 있다. 그 첫 번째가 어머니이다. 이수희 교수의 어머니는 광주직할시 미용협회 초대 협의회장을 맡으셨던 장순임 여사다. 장순임 여사는 1988년 광주시민회관에서 제1회 광주시장배 미용경기대회를 열고 1990년 남도예술회관, 1991년 신양파크호텔에서 제3회 대회를 열 정도로 미용에 열성적으로 봉사하셨던 분이다. 뱃속에서 태교로 미용을 접하기 시작, 유년 시절 사방이 거울인 미용실이 놀이터였기에 이수희 교수는 미용의 길로 자연스럽게 접어들었던 것이다.

두 번째 스승은 광주중앙미용직업전문학교 이숙자 교장이다. 미용사, 미용장, 이용장 자격 취득과 미용대회에 출전할 수 있는 길을 열어주셨다. 세 번째 스승이자 가장 존경하는 미용인은 대한민국 미용명장 1호인 김진숙 명장을 꼽는다. 둘째 아이 임신 8개월이었던 2000년 광주기능경기대회 헤어 직종에 책임을 묻지 않겠다는 서약서까지 쓰면서 출전하여 동메달을 수상했다. 진정한 교육자로서 준비

하고 갖춰야 할 인성과 지성, 교육적인 철학을 심어주었다고 한다. 참된 교수가 되라는 격려의 말씀을 지금도 잊지 않고 있다.

윤천성 교수와의 인연으로 박사학위까지

이수희 교수와 기자는 행사가 끝나면 뒤풀이를 핑계로 많은 술자리를 가졌다. 특히 서울벤처대학원대학교 행사 후에는 꼭 뒤풀이를 가졌다. 윤천성 교수는 이수희 교수가 진정한 스승으로 모시고 있는 분이다. 3년 동안 광주와 서울을 오가며 윤천성 교수의 지도 아래 2009년에는 박사 학위까지 받았다. 스승과 제자로서 두 사람은 모범적인 전형을 보여주고 있다.

행사 뒤풀이에서만이 아니고 이수희 교수가 서울에 올라올 기회가 있으면 번개팅으로 자주 만났다. 한국분장 강대영 대표와 박준 뷰티랩의 박준 회장이 단골 멤버였다. 미용계 이야기에서부터 세상 돌아가는 이야기까지 우리의 주제는 끊임이 없었다. 풍자와 해학 골계미는 기본이었다. 웃음이 끊이질 않았다.

이수희 교수는 그럴 때마다 남편인 이몽룡 교수의 자랑을 참 많이도 했다. 산업디자인과 교수로 재직한 남편은 미용에 대한 산업적 발전과 학문적 필요성 및 전문화에 대한 예측 등 미용교육에 대한 비전을 제시해주고 제언을 해준다는 것이었다. 두 사람과의 관계가 부러울 뿐이다.

여기서 잠깐 이수희 교수의 남편인 이몽룡 교수에 대해 언급을 하지 않을 수 없다. 이몽룡 교수는 대학에서 33년 동안 제자들에게 디자인을 가르치다가 퇴직했다. 교수 재직 때 학생들을 위해 교육, 봉사, 연구하면서 청렴결백, 성실하게 근무해 정부로부터 옥조근정 훈장까지 받았다. 바다를 좋아하는 이몽룡 교수는 전남 완도의 한 마을에 '책공주'(책방, 공방, 주방)라는 작업장 겸 놀이터를 짓고 인생 2막을 행복하게 영위하고 있다. 누구나 살고 싶어하는 삶을 일찍 경험하고 있는 것이다.

기자 부부와 박준 회장 부부는 지난 2020년 7월, 1박 2일 일정으로 완도 이몽룡 교수의 안식처인 책공주를 찾았다. 그곳에서 목격한 것은 친구같이 행복하게 사는 이수희, 이몽룡 부부의 삶이었다. 융숭한 대접은 말할 것도 없고 이 부부는 참으로 사람다운 삶을 영위하고 있었다. 시골에서의 삶이 어찌 행복만 있겠느냐마는 두 사람은 진정으로 만족한 삶을 누리고 있었다. 이는 금전적으로는 해결하지 못할, 두 사람만의 인생관에서 비롯된 듯했다. 지금도 완도에서의 추억이 새록새록 떠오른다.

이수희, 이몽룡 부부의 요람 '책공주'

이수희 교수는 바쁘다. 이수희 교수는 미용실 원장으로서 일도 했으며, (사)대한미용사회 광주 북구협회 상임위원과 부회장, 선거관리위원회를 2회 역임했다. (사)한국미용장협회 광주전남 지회장과 중앙회 감사, 트렌드 개발위원장과 선거관리위원장을 역임하였고 현재는 한국미용장협회 중앙회 이사와 트렌드 개발위원장으로 활동하고 있다.

또한 서울벤처대학원대학교 초대 동문회장을 하면서 학교 행사의 모든 사회를 맡고 있다. 청암대학교의 뷰티디자인과 교수를 맡아 비대면 원격수업과 실습을 위한 대면수업을 병행하면서 학생들의 상담, 각종 행정 업무, 학교 지원 사업 계획과 진행을 동시에 하고 있다. 입학생 모집을 위한 고교와 학원 방문을 통한 입시 활동, 근로장학생들의 산업체 근무지 순회지도, 헤어실습과 취업을 위한 산업체 방문, 미용 꿈나무들을 위한 미용 관련 국가자격 시험 감독, 한국미용학회, 한

국인체예술학회, 뷰티산업학회 논문 심사 등 눈코 뜰 새 없다. 그러나 이수희 교수는 이 모든 것들을 긍정적으로 받아들인다. 이만큼의 능력을 준 것에 대해 항상 감사해한다. 에너지 뿜뿜인 이유가 있었다.

어떤 날 술자리에서 '이수희는 어떤 사람이고 싶냐'는 우문愚問을 한 적이 있다. "무엇보다 아직도 맛있는 음식을 잘 만들어주는 친정어머니와 남편의 사랑을 많이 받는 아내이며 잘생긴 큰아들과 건강한 작은아들의 엄마이자, 많은 제자들의 사랑으로 힘을 얻는 교수가 이수희다. 나는 어려서부터 어른들께 무조건 잘하라는 어머니의 가르침과 남자든 여자든 의리만큼은 꼭 지키라는 장교 출신 아버지의 교육을 받고 자랐다. 헤어미용을 희망하는 학생들에게 시원시원하게 아낌없이 주는 교수로 존경받고 싶고, 산업체 CEO 관계자분들과 술 한 잔 기울이며, 뷰티산업의 발전을 논의할 수 있고 그러면서 권위적이지 않고 거리감이 없는 교수로 꾸준히 성장하면서 성실히 일하고 싶다"고 이수희 교수는 현답賢答을 해주었다.

그렇다. 우리에게 에너지와 웃음, 행복을 전파하는 이수희 교수는 우리의 친근한 벗이었다. 그녀의 듬직한 미소가 사라지지 않는 한 우리의 행복도 지속할 것이다. 지금도 전화하면 전화기 저쪽에서 "쪼까만 기다리소. 후딱 가서 우리 번개팅해서 만나야 하지 않것소"라는 호탕한 그녀의 목소리 들릴 듯하다.

이수희 교수 프로필

- 광주여자대학교 미용과학과 미용 학사
- 광주여자대학교 미용과학대학원 미용학 석사
- 서울벤처대학원대학교 뷰티산업학과 예술학 박사
- 현) 청암대학교 뷰티미용과 조교수
- 광주보건대, 동강대, 서영대, 호남대, 송원대, 광주대, 광주여대 겸임교수
- 미용기능장, 이용기능장, 컬러리스트 기사 자격 취득
- 광주여자대학교 미용과학과 초대 동문회장
- 서울벤처대학원 뷰티산업학과 초대 동문회장
- (사)한국미용장회 광주전남지회장 역임
- (사)한국미용장협회 중앙회 감사 역임
- (사)한국미용장협회 제11, 12대 트랜드개발 위원장
- (사)한국미용장협회 제12대 중앙회 이사
- 뷰티산업학회 이사 및 산학협력위원장
- 한국미용학회, 인체예술학회, 뷰티산업학회 논문 사독위원
- (사)한중뷰티산업협회 교육위원, K-뷰티산업협회 자문위원
- 국가자격증(미용사 일반, 이용사, 메이크업, 네일, 미용장, 이용장) 감독위원 다수
- 국제미용대회 및 뷰티관련 행사 진행, 사회, 심사, 평가위원 다수
- 청와대 사랑채 시연작가 작품 전시 및 시연
- 교수학습경진대회 최우수상, 순천시장상, 국회의원상, 최고지도자상, 표창장 외 다수
- 한국보건산업진흥원 뷰티아카데미 헤어 전담교수
- KBS 방송 및 라디오 프로그램 출연 다수
- 각종 미용경진대회, 관련 학회 행사진행 및 사회 다수

Part IV
White

노력만이 살 길이다

권오혁 한성대학교 뷰티매니지먼트학과 교수

가위 돌리는 남자
— 권오혁 교수

가위 돌리기를 천직으로 아는
한 남자가 있었네
그는 지하철 안에서도
밥을 기다리는 식탁 앞에서도
가위를 돌렸네
정신 사납다며 주위 사람들이 말릴 때에도
그는 아랑곳하지 않았네
감각을 잃지 않아야 한다는 것이 그의 지론
그는 잠자리에 들기 전까지
돌렸네
가위는 그의 전부
그가 가위 돌리기를 그만두고
학생들을 가르치기 시작했을 때
사람들은 알았네
기본에 충실한 사람만이
성공을 담보할 수 있다는 것
그는 오늘도
학생들 앞에서
마음을 다듬는 법을 전수하고 있네
일류 디자이너 되는 법을 가르치고 있네

미용교육의 중요성 설파하다

세상이 아무리 삭막하다 말할지라도 세상은 사람들이 사는 곳이다. 그곳에는 사람끼리 부대끼며 사는 재미와 정이 있다. 어느 날 갑자기 괜히 보고 싶어졌노라며, 문득 생각이 나서 안부 인사한다는 전화기 저쪽의 정다운 목소리는 사람을 살맛나게 하는 묘한 힘이 있다. 기차를 타고 가다가, 혹은 자동차를 몰고 고속도로를 달리거나 한적한 시골길을 만나는 행운이 있을 때 아는 이에게 핸드폰을 하자. 저물녘, 황금들판을 출렁이는 바람소리를 혼자 듣기에는 얼마나 아까운가. 이런 장면을 만날 때는 그 분위기를 나눠가지자. 상대편은 그 고마움을 잊지 못하리.

기자가 상황하세 서술을 이어가는 것은 권오혁 교수에 대한 추억 때문이다. 그는 사람을 이끄는 묘한 매력이 있다. 그리고 그 매력은 순수한 그의 마음에서 나온다. 잊을 만하면 그에게서 전화가 온다.

"성님요, 별일 없지요? 그냥 갑자기 성님 생각이 나서 전화했지요. 헤헤, 미용계도 다들 안녕하지요?"

예의 장난기 가득한 웃음을 가득 담은 그의 목소리는 그 누구도 무장해제를 시킨다.

"아따 얼굴 잊것네. 비 오는디 찾아주는 사람도 없고 우짠다?"

"성님 또 엄살이시다. 그럼 제가 막걸리 한 사발 대접할까요?"

"마쇼, 마쇼. 이따 행사장 가야혀."

그와의 대화는 거게 이렇게 끝난다. 얼굴을 본 지 꽤 오래됐다는 생각을 하며 근일 내 핑계를 만들어서 만나야겠다는 생각을 하게 된다.

권오혁 교수를 만난 지는 꽤 오래되었다. (주)리컴이 '블루클럽'이란 남성 전용

미용실을 만들어 미용계에 한바탕 회오리바람을 일으키기 전이었다. 당시 권오혁 교수는 미용산업교육원에서 교육부를 맡아 의욕적으로 일할 때였다. 그는 미용교육의 중요성에 대해 역설했고, 미용교육에 대한 꿈을 얘기했다. 미용산업교육원을 퇴사해 개인 미용실을 오픈하고도 미용교육에 대한 그의 믿음은 여전했다.

미용가위를 손에서 놓지 않다

앞의 시에서도 거론했지만 권오혁 교수는 미용가위를 손에서 놓지 않았다. 길을 가면서도 가위를 돌렸고 버스나 지하철을 타고서도 마찬가지였다. 커피숍에서 대화를 할 때도 가위를 돌렸다. 핀잔을 주는 사람들도 있었지만 그는 아랑곳하지 않았다. 미용인이라면 가위에 대한 감각을 항상 손에 익혀야 한다는 것이 그의

지론이었고, 그의 말을 굳게 신뢰했다. 잠잘 때도 야구공을 손에서 놓지 않는다는 어느 프로야구 투수의 말과 그의 말은 오래도록 오버랩 되었다.

한 사람을 평가할 때 여러 기준이 있겠지만 '미용인은 가위가 손에 익을 때까지 가위를 손에서 놓지 말아야 한다'는 그의 말 때문에 그를 무한 신뢰했다. 미용을 가르치는 강사나 미용을 배우는 학생들을 만나면 그를 모범적인 전형을 갖춘 미용인으로 적극 추천했다.

권오혁 교수는 《뷰티라이프》에 커트도 연재해 우리나라 미용인들은 물론 중국 미용인에게도 인기가 높았다. 기자가 《뷰티라이프》를 창간한 건 1999년 7월호였다. 권오혁 교수는 잡지를 창간하고 4개월 후인 10월호부터 연재를 하기 시작해 2005년까지 7년 동안이나 새로운 커트를 잡지에 선보였던 것이다. 2000년 초반 당시만 해도 재교육기관이 미용계에 선풍적인 인기를 끌었던 때였고 그래서 재교육 강사들도 인기를 구가하고 있던 때였다.

《뷰티라이프》에는 권홍, 권오혁을 비롯한 유명 강사들이 커트를 비롯, 업스타일, 컬러, 퍼머, 헤어스케치, 메이크업, 피부, 두피관리, 네일, 경영 등등을 실어 인기가 높았다. 중국과 일본, 미국 등에 해외판을 만들어 보급하고 있던 때였다. 특히 중국에서는 권홍 커트와 권오혁 커트가 인기가 매우 높아 《뷰티라이프》 중국어판 잡지에 실렸던 커트를 중국 미용인들은 복사해서 커트 교육에 활용하곤 했다.

그런 인기를 바탕으로 우리는 〈뷰티라이프 유명 미용인 초청 해외 미용 특강〉 행사를 2000년 초부터 진행했다. 뷰티라이프 유명 미용인 초청 해외 미용 특강은 최영희, 송부자, 전덕현, 엘리자리 원장 등 당시 유명했던 강사를 초청, 미용인들과 중국, 필리핀, 베트남 등에서 일주일 간 교육하고 해외여행을 즐기는 교육과 친목을 다지는 행사였다.

이 해외 미용 특강은 미용인들에게 인기가 높고 교육에 대한 성과가 좋아 강사들과 참여 미용인들이 나중에 〈뷰티라이프사랑모임〉을 만들기도 했다.

권오혁 교수는 뛰어난 실력은 물론이고 예의바른 행동으로 미용인들에게 인기 폭발이었는데 필리핀 세부에서 진행한 해외 미용 특강에 참여했음은 물론이고 〈뷰티라이프사랑모임〉의 단골 강사가 되었다. 커트 연재와 세부에서의 강의, 뷰사모에서의 열강으로 권오혁 교수는 뷰사모 회원들로부터 '혁이오빠'로 불렸다. 만나는 사람들을 기분 좋게 하는 그의 털털한 웃음도 한몫 했다.

20여 년 넘게 이어온 성실한 인간관계

미용실 원장과 커트 강사를 병행하던 그는 이제 대학에서 미용 후학들을 가르치고 있다. 학생들을 제대로 가르치기 위해 석사와 박사 과정까지 이수했다. 자기 일에 최선을 다하는 그의 성격이 주경야독의 어려움을 이겨낸 것이다.

"제가 알고 있는 지식과 경험을 공유할 수 있다는 것 자체가 교수의 매력이 아닐까 싶어요. 갓 대학에 입학한 제자가 석박사 과정을 거쳐서 이제는 어엿한 동료

교수가 되었을 때 자부심을 느끼지요." 미용을 하면서 언제 보람을 느꼈냐는 질문에 그는 이렇게 답했었다. 그는 가르치는 것에 대한 천부적인 소질과 인자를 지니고 있다.

학생들을 가르치면서도 미용은 실용학문임을 항상 강조한다. 학생들이 학교를 졸업했을 때 현장에서 쓸 수 있는 기본적인 테크니션이 될 수 있도록 교육하는 데에도 신경 쓰고 있다. 미용학과 졸업생들이 미용실에 입사하고 나서 느끼는 괴리감의 폭을 조금이라도 더 줄이고자 하는 그의 신념 때문이다. 좋은 스승은 만들어지는 것이 아니라 공감대 형성에서 비롯되어진다는 말이 권오혁 교수에게 딱 들어맞는다.

권오혁 교수는 중국에도 관심이 많다. 그래서 시간이 허락하는 한도 내에서 중국 각지를 다니며 세미나와 교육, 헤어쇼를 하고 있다. 틈틈이 미용 봉사활동도 하고 있다. 미용인으로서 사회적으로 미용인의 자부심을 고취하고 위상을 높이는 데 일조하고 싶기 때문이다.

한 사람의 평가는 하루아침에 이루어지지 않는다. 말로만으로도 이루어지지 않는다. 몸에 밴 성실함과 꾸준한 인간관계만이 그 사람을 제대로 평가하게 된다. 그런 의미에서 20년 이상을 변하지 않고 인연의 끈을 놓지 않는 사람은 믿을 만하다. 더구나 그 사람이 자기 계발과 수양을 위해 꾸준히 노력하는 사람이라면 금상첨화가 아니고 무엇이랴.

"성님 오늘같이 더운 날 막걸리 너무 마시면 안 돼요. 막걸리 대신 시원한 팥빙수같이 드시게요." 우렁찬 목소리로 권오혁 교수가 전화해올 것 같은 여름 오후다.

권오혁 교수 프로필

- 현재 한성대학교 뷰티디자인매니지먼트학과, 한성대학원 뷰티예술학과 주임교수
- 동강대학, 경복대학, 신흥대학, 안산1대학, 한성대학교, 한양대학교, 장안대학교, 강남대학교 전
  임, 시간, 초빙 강사, 조교수 역임
- 한국미용학회 상임이사, 헤어분과 부위원장
- 한국인체미용예술학회 이사
- 한국디자인문화학회 정회원
- 대한미용학회 상임이사, 홍보위원장
- 한국보건산업진흥원 소상공인컨설턴트
- 압구정 권오혁헤어, 헤어바이혁 대표 역임
- 미용산업교육원 교육이사 역임
- 한성대학교 대학원 총동문회장
- 대한민국 뷰티디자인엑스포 헤어분과 심사위원
- (사)한국가발협회 부회장 역임
- (사)국제두피모발협회 홍보위원장 역임
- (사)여성평생자원개발원 상임이사 역임

한국 전통머리 계승에 온몸 던지다

이순 한국미용박물관 관장

옛 것에서 우리를 찾다
― 이순 한국미용박물관장

세계에서 으뜸이 되기 위해서는
우리 뿌리를 확실히 알아야 한다네
미용하는 사람이라면
옛 머리와 복식을 제대로 재현하고
그 뿌리를 근간으로
새로운 스타일을 창조하는 것이 당연지사
고증과 연구를 통해 미용사를 정리하고
눈물과 땀의 노력으로
국내 최초로 한국미용박물관을 차린 이
황후대례 대수를 확실하게 고증, 복원하여
학계를 놀라게 한 이
이순 관장은 그런 사람이었다네
미용으로 모은 돈 소중한 돈
미용박물관 터전이 마련된 날
소리 없이 울고 울었다네
이제 세계 속에 한국의 독창적인
미용문화의 정수를 알리고 있는 일
이순 관장의 결실이네
오늘도 옛 것을 오늘에 되살리는 혼불
빛고을 광주에서 찬연하게 빛나네

2008년 국내 최초 한국미용박물관 개관

이순 한국미용박물관장은 특별한 미용인이다. 미용계는 자기만의 영역을 구축하고 있는 분들이 몇몇 있고, 그 중에서도 이순 관장은 우리 옛 것에 대한 고증과 복원에서 탁월한 업적을 보이고 있다. 수줍은 듯 말하는 태도나 말투에서 학자풍의 고상함을 느끼는 것은 기자만의 생각은 아닐 터이다.

이순 관장을 처음 만난 시기는 2008년 한국미용박물관 개관 때였다. 미용에 관한 유물이나 전시관이 전무했을 당시 그 필요성을 절감하고 있는 기자에게 한국미용박물관 개관은 흥분과 기대를 주기에 충분했다. 광주 북구 용봉로에 위치한 한국미용박물관을 처음 둘러보고 감탄을 아끼지 않았다. 그리고 3층에서 이순 관장과 차를 나누며 한국미용박물관 개관까지 겪었던 일화를 들었다.

그때 이순 관장은 얘기 도중 많은 눈물을 보였다. 그 눈물을 보며 '얼마나 많은 애로사항이 있었을까?' 하는 안타까운 마음이 들기도 했지만 '이런 아름다운 눈물이 있었기에 미용박물관이 지어졌구나' 하는 생각을 했었다. 참으로 숭고한 눈물이었다. 그때의 감회가 새롭다.

한국 최초 미용박물관에 관심이 많았음은 물론이다. 그리고 한국미용박물관을 다시 찾은 것은 김진숙 명장의 '헤어아트' 전시회가 있었던 2014년이었다. 헤어아트 전시회는 한국미용박물관과 너무나 잘 어울리는 전시였다. 김진숙 명장은 머리카락 공예라 부를 수 있는 헤어아트를 창시한 미용인이었고, 기자 또한 머리카락 공예를 예술적 경지에 올려놓은 헤어아트에도 관심이 많았다. 멋진 앙상블이었고 전시회였다.

여기에서 한국미용박물관을 자세히 소개해야 할 이유가 있다. 국내 최초라는 타이틀도 중요하지만 이순 관장의 인생과 꿈이 고스란히 녹아 있는 곳이 한국미용박물관이기 때문이다.

"한국미용박물관은 2000년 비영리 법인의 (재)빛고을문화재단을 설립, 광주광역시에 전국 최초 유일한 미용 전문박물관으로 2008년에 개관하여 올해 14년차로, 사라져가는 미용유물 소장품을 DB화하여 상설 전시는 물론 산학연계를 통한 연구·고증·복원·전승교육 등을 진행하고 있다. 특히, 세계적인 자랑거리인 '황후대례 대수'는 조선시대 황후·비·빈의 대례大禮시 착용하였던 권위와 위엄을 드러낸 월자月子(가체)로 제작된 최고 성식의 대수관大首冠, 이를 전통 제작방법으로 복원하여 전문 큰머리박물관으로 특성화와 해외에도 널리 알리고, 학술적 연구·고증·복원·전시·체험·전승교육으로 국내 유일의 다양한 월자月子 관련 전통미용박물관이다. 여기에 예술문화활동을 진행하여 미용인의 위상을 드높이고 있다.

교육 프로그램은 일반교육은 물론 다문화가족의 미용실 창업교육을 열어 경제적으로 자립할 수 있는 전문교육도 병행하고 있다. 최근에는 쿠바의 한국독립 유공자 후손을 초청하여 미용교육과 더불어 쿠바에서 미용실을 창업하여 운영할 수 있는 지원프로그램을 진행하여 따뜻한 재능나눔으로 광주지역문화 활성화와 후원으로 지역문화예술의 디딤돌 역할로 박물관 해외교류와 네트워크 기반조성으로 사회에 공헌하고 있다. 특히, 광주광역시와 해외교육 대상 뷰티아카데미를

2012~2019년까지 개최하여 중국, 베트남, 일본, 한·중국 청소년문화교류, 해외미용전문가들에게 K-뷰티의 국제적 위상을 높이는 데 일조하고 있다."

이순 관장은 한국미용박물관을 단순한 전시공간으로만 머무르지 않고 한국미용의 위상을 세계적으로 알리는 장소로도 활용하고 있다.

올해 우수숙련기술자 등 선정 겹경사

순천에서 태어난 이순 관장은 아버지의 사업 실패로 미용을 먼저 시작한 오빠의 영향으로 미용에 입문했다. 멋지게 사람을 변신시키는 모습에 반하여 서울에서 미용사 자격증을 취득했지만, 1987년 아예 예향 광주에 정착하며 미용실 개업 후 일과 학습 병행으로 주경야독을 실천했다. 그리하여 전국 최초 미용대학인 광주여대 미용과학과에 1999년 입학하고 동대학원에서 석사 학위와 전남대학교에서 박사 수료를 했다.

특히, 세계적인 자랑거리이자 유일한 달비(가체)로 만들어진 조선시대 영친왕비의 왕비관인 '황후대례 대수皇后大禮 大首'를 고증·복원하여 학계의 비상한 관심을 끌었다. 이에 그치지 않고 이를 궁중유물전시관(현 국립고궁박물관)에 기증도

하며, 유네스코 지정의 세계 3대 축제인 조지타운페스티벌(2015년), 러시아 사할린 국제문화축제(2016년), 중한 청소년문화축제, FINA세계수영대회를 기념하여 '한국전통문화관'을 한달간 운영, 백제문화제 초대 등의 활동으로 한국의 우수하고 독창적인 미용문화의 정수를 알려 세계인들에게 큰 호응을 얻었다.

또한 미용기술을 학술적으로 정리, 연구하여 이를 토대로 한국미용박물관 부설 '한국전통머리연구원'에서 특허와 실용신안을 바탕으로 그간 미용실 고객들의 탈모와 두피개선에 탁월한 문화상품을 개발하여 미국에 수출하여 광주 뷰티산업 발전에도 앞장서고 있다.

이와 같은 활동을 바탕으로 이순 관장은 올해 고용노동부의 '우수숙련기술자', 소상공인시장진흥공단의 '대한민국 소상공인대회'에서 '백년가게' 선정, 석탑산업훈장을 수상하여 머리쟁이 40년의 한 우물 인생에 큰 선물을 받았다. 모두 노력의 산물이었다.

이순 관장은 2020년 7월, 《뷰티라이프》 창간 21주년을 맞이하여 표지를 연출했다. 그때 표지로 전통 거두미 작품을 선보였는데 떠구지, 떨잠, 얼레빗, 음양소, 용비녀, 전통 의상 등 철저한 준비 끝에 완성하는 모습을 보며 기자는 '역시 대가는 그냥 되는 게 아니다'는 확신을 다시 한번 가지게 되었다.

아름다움에는 건강함이 함께해야

이순 관장은 '아름다움은 반드시 건강함이 깃들어 있어야 한다'는 신념을 가지고 있다. 그런 신념을 확고하게 하기 위해 한국미용박물관 부설로 '한국전통머리연구원'을 두고 있다. 이제 그 영역을 확대하여 뷰티+헬스를 연계한, 지속 가능한 건강한 아름다움을 실현할 수 있는 '웰니스센터Wellniss Center'를 건립할 계획도 가지고 있다. 우리의 미용문화를 가꾸고 계승, 발전시켜 미용인들의 자부심을 고취하겠다는 뜻이 숨어 있다.

이순 관장의 전진은 어디까지인지 알 수 없다. 그러나 이순 관장의 행보가 우리의 미용문화를 세계에 알리고 미용인의 사회적 위상을 높이는 데 기어할 것이라는 믿음에는 변함이 없다. 아니 모든 미용인들이 동의할 것이라고 믿는다.

언젠가 '미용에 대해 어떻게 생각하느냐'는 질문에 이순 관장은 이렇게 말했다.

"미용은 인간의 신체와 예술이 직접적으로 교감하는 예술적 감각과 기술의 절묘한 경계의 믹싱mixing으로 완성되는 것으로 창의성과 실무능력 등 부단히 노력하여 신체에 이루어지는 부용예술로서 AI가 대체할 수 없는 미래지향적인 것이다. 이러한 미용예술을 구현하기 위해 지속적인 절차탁마의 노력이 요구되는 종합예술이다."

그렇다. 종합예술가로서 미용인들은 절차탁마의 노력이 필요하다. 빛고을 광주에서 오늘도 자기 연마에 정진하고 있을 이순 관장을 생각하면 마음이 따뜻해진다.

이순 관장 프로필

- 광주광역시 미용명장 1호
- 광주여자대학교 석사 학위(영친왕비의 대수 재현)
- 전남대학교 박사 수료
- 대한민국 우수숙련기술자
- 백년가게(중소벤처기업부장관 선정)
- 미용기능장
- 한국미용박물관 관장
- (재)빛고을문화재단 이사장
- (사)대한미용사회 중앙회 기술강사
- (사)대한미용사회 중앙회 고전머리 기술강사
- 이순미용실 대표

수상

- 2003년 CAT 업스타일 은상
- 2006년 광주광역시 지방기능경기대회 동상
- 2009년 KBF 제1회 고전머리대회 쪽머리창작 금상
- 2015년 IKBF 국제미용페스티벌 금상
- 2015년 광주광역시장 표창 등 다수
- 2016년 OMC 헤어월드 무궁화컵대회 고전머리 보건복지부장관 표창
- 2018년 자랑스런 박물관인상 표창
- 2019년 한우물상 표창
- 2020년 석탑산업훈장 수상

미용계의 의리파, 평화론자

오해석 경기도지회장

평화론자 그녀
— 오해석 경기도지회장

그녀 앞에선 모두가 행복했다
나이 먹은 머스마 미용인들은
형이 되었고
나이가 적으면 동생이 됐다
풀이 죽어 있으면
등짝을 사정없이 후려갈겼다
그러면 시원하게 고민이 사라졌다
그녀 앞에선 모두가 평등했다
지위도 상관이 없었다
박수칠 때 박수치고
절대 손 비비지 않았다
엄숙한 자리에서도
주눅들지 않았다
윙크 한번이면
모든 게 끝
세상은 좋은 것들뿐이라고
좋게 살아야 한다고
미소가 말해주고 있었다
그녀의 행복론이
미용계 여기저기 퍼지고 있다
그녀는 미용계의 평화론자다

첫 만남부터 통했던 성격과 품성 좋은 미용인

기회 있을 때마다 여러 번 말해왔다. 미용인만큼 정과 의리로 똘똘 뭉친 사회 집단도 드물 것이라고. 그만큼 미용인들은 동종업을 영위한다는 동료의식과 동료애가 어느 집단보다도 높다. 여기에 아름다움을 추구한다는 공통점까지 합친다면 미용만큼 좋은 직업군도 드물 것이다.

오해석 지회장을 안 지도 벌써 꽤 오래되었다. 우리 만남의 가교 역할을 한 블루클럽 김희진 교육실장은 당시 《뷰티라이프》에 남성 커트를 오랫동안 연재하고 있었다. 김희진 실장은 성격도 서글서글하고 미용계에 관심도 많았으며 특히 미용교육에 대해서는 많은 지식을 갖고 있었다. 촬영이 끝나면 저녁을 먹으며 미용계에 대해 많은 의견을 나누기도 했었다.

미용기술도 기술이지만 성격이 좋은 김희진 교육실장과 자주 어울렸다. 그러던 어느 날, 많은 미용계 얘기 끝에 "국장님과 아주 잘 어울릴 미용인이 있어요. 기회 닿는 대로 소개해 드릴게요"라고 김희진 실장은 말했다. 아울러 성격과 품성이 아주 좋아서 국장님이 무척 좋아할 거라는 이야기도 덧붙였다.

그런 얘기가 있고 얼마 지나지 않아 김희진 실장으로부터 연락이 왔다. "국장님, 전에 말씀드렸던 얼굴 예쁘고 마음씨 좋은 미용인 오늘 함께 만나면 어때요?" 만사 OK였다. 그렇게 만난 미용인이 광명에서 미용실을 하고 있던 오해석 원장이었다.

우리는 블루클럽 본사가 있는 사당동 음식점에서 만났고 유쾌하고 즐거운 저녁 시간을 가졌다. 그야말로 첫 만남부터 마음과 마음이 통하는 자리였다. 우리는 오랜 만남을 가졌던 사람들처럼 금세 친해질 수 있었다. 미용이라는 매개체는 이렇게 사람들을 무장해제 시키는 마력이 있다. 그날 이후 우리는 자주 통화하는 사이가 되었다.

'미용서비스산업 육성 및 지원 조례' 국내 최초 제정

그 후 오해석 원장이 광명시지부장이 되고 광명시에서 국내 최초로 '미용서비스산업 육성 및 지원 조례'를 제정하면서 미용서비스산업이 활성화할 수 있는 제도적 기반을 마련하였다. 그 전까지는 미용업에 대해 지원을 할 수 있는 제도적 장치가 전무한 상태에서 광명시가 조례를 제정함으로 공공기관이 미용업에 지원

할 수 있는 획기적인 전기를 마련한 것이다.

미용계에 대대적으로 알리기 위해 당시 광명시장이었던 양기대 시장과 오해석 지부장이 함께하는 인터뷰 자리를 마련했다. 잡지가 발행되고 많은 격려 전화가 왔다. 양기대 시장은 지금 더불어민주당 국회의원이 되었다. 이후에도 광명시는 미용협회에 많은 관심을 가지고 지원을 아끼지 않고 있다. 광명시 미용인들은 연 40회 교육을 무료로 받고 있다. 이제 오해석 지부장이 경기도지회장이 되었으니 그 혜택은 광명시를 넘어 경기도 전 지역으로 확산되리라 믿는다.

한번은 이런 일도 있었다. 페이스북을 통해 당시 경기도 의원으로 있는 대학 국문과 후배가 오해석 원장을 잘 아느냐고 물어왔다. 도의원으로서 도내 미용인들을 많이 만나왔는데, 오해석 지부장은 미용에 대한 생각이 넓고 깊어서 특히 인상이 남는다고 말했다. 그 후배는 열정적으로 의정 활동을 했는데 역시 열정이 남다른 사람들은 통하는 면이 있나보다.

그 후배는 양기대 시장의 뒤를 이어 광명시장이 된 박승원 시장이다. 박승원 시장이 취임하고 오해석 지부장과 기자는 광명시청을 찾아 박승원 시장과 인터뷰를 했다. 박승원 시장은 오해석 지부장의 미용에 대한 열정을 치하하고 시장으로서 광명시 미용협회에 도움을 많이 주겠다고 약속했다. 미용계 리더들의 역할은 이런 것이리라.

오해석 지회장에 대해 논할 때면 거개의 미용인들은 의리와 솔직함을 말한다. 의리라 말할라치면 기자도 느끼지 못한 바가 아니다. 기자가 첫 시집 『불량아들』을 냈을 때는 2014년이며, 프랜차이즈로 성공한 미용인들을 집중 취재해서 잡지에 1년 동안 연재하고 그것을 모아 『헤어디자이너』(부제, 한국 미용계를 이끄는 리더12)란 단행본을 발행한 것은 2018년이다.

기자로서 첫 시집은 개인적으로
영광이었으며, 『헤어디자이너』는 미
용계에 꼭 필요한 책이라고 자부하고
있었다. 『헤어디자이너』가 많은 미용
인들에게 읽혀져 12명의 성공한 미용
인 오너들의 삶이 우리 미용계에 널
리 퍼졌으면 하고 바랐다. 특히 미용
을 공부하는 미용고교나 미용대학의
미용학과 학생들에게 널리 읽혀졌으

면 하는 바람도 있었다. 미용으로도 성공할 수 있다는 희망을 그들이 가졌으면 하
는 바람에서였다.

오해석 지회장이 책을 자비로 사서 협회 임원들이나 미용인들에게 많이 보냈
다는 사실을 나중에 알았다. 그렇다고 생색을 낸 것도 아니었다. 기자가 후에 우
연히 알게 되었다. 오해석 지회장은 그런 사람이었다. 아무도 모르게 정을 실천
하는 사람이었다. 지위 높은 사람에게 굽신거리거나 아부하지 않았다. 천성이 그
런 걸 어쩌랴.

새 지도자상 세울 경기도지회장에 선출되다

오해석 지회장은 유쾌하다. 그가 곁에 있으면 웃음이 끊일 줄 모른다. 소탈한
성격과 남을 배려하는 마음이 앞서기 때문일 것이다. 그런 그녀에게 작년에 경기

도 미용인들은 큰 짐을 하나 얹어주었다. 지난 2020년 9월, 한미림 전 지회장의 후임을 정하는 경기도지회장 보궐선거에서 경기도지회 임원들은 오해석을 압도적인 표 차로 선출한 것이다. 경기도지회 부회장을 역임하고 미용에 대한 애정이 넘치는 그에게 이는 어쩌면 당연한 결과인지 모른다.

더구나 경기도 미용인들은 잘 알고 있었을 것이다. 오해석 지회장이 새 지회장으로서 그 막중한 책임과 권한을 잘 활용해서 경기도지회에 신선한 바람을 불러일으키리라는 사실을. 지금 우리 미용계에는 변화의 바람이 불고 있다. 특히 지도자는 현실에 안주하지 말고 권위의식에서 탈피해 미용계를 한 단계 업그레이드해야 한다고 미용인들은 말한다. 그러기 위해서는 생각이 열린 미용 지도자를 선출하는 자세가 필요하다.

미용에 대한 열정이 남다르고 정과 의리로 똘똘 뭉친 오해석 지회장은 미용계에서 보물 같은 존재가 아닐 수 없다. 작년에 그에게 얹어진 막중한 책임도 그는 잘 이겨내리라. 아니 이겨나가는 차원을 넘어 미용계의 새로운 지도자상을 세울 것이라고 기자는 굳게 믿는다. 미용을 향한 사심 없는 그의 마음을 기자는 잘 알고 있기 때문이다.

오늘은 오해석 지회장에게 앞으로 어떤 계획을 가지고 있는지 알고 싶다는 핑계로 저녁을 먹으며 즐겁게 회포를 풀어야겠다.

오해석 경기도지회장 프로필

- 1990년 미용사 면허 취득(미국)
- 1994년 4월 미용사 면허 취득
- 1997년 9월 오정연헤어라인 개업
- 2007년 4월 광명시 부지부장 임명
- 2013년 5월 광명시지부장 임명
- 2016년 4월 광명시지부장 당선
- 2016년 6월 경기도지회 부지회장 임명
- 2016년 12월 중앙회 기술강사 임명(17기)
- 2017년 7월 중앙회 이사 임명
- 2019년 4월 광명시지부장 당선
- 2020년 5월 경기도 부지회장 임명
- 2020년 9월 경기도지회장 임명
- 2020년 9월 중앙회 이사 임명
- 2020년 10월부터 '오해석두피헤어' 운영 중

진짜 마음은 말하지 않아도 안다

정두심 부산 금정구지회장

긴말이 모든 것을 말하진 않는다
― 정두심 금정구지회장

국장님 건강하시지예
거기도 날씨 좋지예
그냥 전화했심더
그렇다
살아가는데
주저리주저리 무슨 말이 필요할까
마음이 통하는 사람들은
그냥
알아주는 법이라고
부산의 멋쟁이 한 미용인은
온몸으로 표현하고 있는데
우리가 구구절절 말해도
이해하지 못하는 세상살이
됐다마
부산의 멋쟁이 미용인 이 한마디
세상의 불협화음
다 이해시키기도 하고
잘 사는 길
잘 가르치기도 하고

시크하지만 미묘한 끌림 지닌 부산미용인

사람 관계는 참 묘하다. 특히 미용계는 관계망이 좁아서 한 사람만 알게 되면 그 연관관계가 거미줄처럼 엮이게 되어 있다. 그러나 좁은 미용계에서 알 만한 미용인인데도 서로 알지 못하고 지내왔다는 사실을 알고 놀랄 때도 많다. 그러니 사람이 사는 세상은 알 수 없는 것이다.

정두심 회장을 처음 만난 때는 기자가 2박 3일 일정으로 부산 미용계를 탐방하던 1990년대 후반이었다. 그때만 해도 미용계를 섭렵하겠다고 젊음을 밑천삼아 전국을 발로 뛰던 때였다.

한 달에 한번씩 있는 지방 미용 꼭지의 부산편 촬영 중, 부산대 앞에 있는 '대학로미용실'에서 작품 촬영을 했다. 대학로미용실을 정두심 회장이 운영하고 있다는 걸 그때 알았다. 초면에 인사를 하고 작품 촬영에 들어갔다. 정두심 회장을 본 첫 느낌은 도도하면서도 붙임성이 없다는 것이었다. 한마디로 시크했다. 그러나 촬영 중 간간이 작품에 대해 설명을 하고 진행을 해가는 솜씨가 보통이 아니었다. 작품 수준도 수준이려니와 일을 풀어나가는 모습이 명쾌했다. 촬영을 진행하면서 유능한 미용인이라는 느낌을 강하게 받았다.

작품 촬영 후 저녁 식사를 하면서 미용계에 대해 이야기하는 시간이 있었다. 말은 많이 하지 않지만 미용계에 대한 애정이 남다르다는 것을 감지할 수 있었다. 묘한 끌림이 있는 미용인이라는 생각을 가지고 서울로 돌아왔다. 그렇게 정두심 회장에 대한 이미지는 형성되었고 '부산미용인'하면 대학로미용실을 떠올리게 되었다.

어느 날, 당시 세계적인 헤어모델로 명성이 자자한 이혜경, 선경 자매와 이태원에서 만나 즐거운 대화를 하고 있
었다. 이혜경, 선경 자매와 기자는
1996년에 워싱턴에서 처음 만난 이후
로 지금까지도 만남을 지속하고 있
다. 당시 많은 미용인 얘기가 오갔고
혜경 씨가 "부산에서 대학로미용실을
운영하고 있는 정두심 회장을 아느
냐?"고 물었다. "잠깐 만난 적은 있지
만 친분이 돈독한 관계는 아니다"라

고 대답했다. 그러자 혜경 씨는 자기가 만난 미용인 중에서 가장 의리 있고 인간
적인 미용인이라며 적극 추천했다.

세계적 헤어모델 이혜경 추천으로 더욱 가까워져

처음 만났을 때의 이미지도 좋았고 혜경 씨의 말을 듣고 보니 정두심 회장에
대한 믿음이 배가되었다. 그래서 기회가 되면 정두심 회장과 많은 대화와 촬영 작
업을 같이 하리라 마음먹고 있었다.

이후 혜경 씨의 적극적인 전화 연결과 기자의 사람 욕심으로 우리는 자주 통화
하는 사이가 되었다. 말을 많이 하는 스타일이 아닌 정두심 회장과 짧은 대화 속
에서도 미용을 사랑하는 마음과 진솔함을 느낄 수 있었다. 그렇게 인연이 되어 지
난 2018년 1월호부터는 《뷰티라이프》에 〈정두심의 Styling Point〉라는 업스타일

코너를 지금까지 인기리에 연재하고 있다.

　4년 동안 한번도 빠짐없이 연재하고 있으니 그 수고가 남다르다 하지 않을 수 없다. 앞으로 10년만 더하면 되지 않을까! 또한 2018년 4월에는 『도제교육 업스타일』과 『도제교육 커트』단행본을 《뷰티라이프》에서 발행하기도 했으니 그 인연이 특별하다고 할 수 있다.

　정두심 회장은 1985년 미용에 입문했다. 미용하기 전 (주)대우에 근무하면서 머릿결이 약하고 좋지 않아서 일주일에 한두 번은 꼭 미용실을 방문했다고 한다. 미용실에서 흑백 미용 회보를 발견, 대기업의 사보처럼 여기며 먼 훗날 뷰티산업의 가치를 발견하게 되고 미용을 선택하게 되었다. 미용 일을 하기로 결심하고 과감히 면허 취득과 동시에 직원 3명과 함께 미용실을 시작했다.

　처음 미용을 선택했을 때에는 직원을 두고 경영인을 꿈꾸며, 시작했는데 오픈과 동시에 생각이 잘못되었다는 것을 깨닫고 기술을 배워야겠다는 각오로 그 당시 웰라의 기술교육 3개월 과정을 세 번씩 반복 교육을 받으면서 이론과 실기를 열심히 배웠다.

지금으로부터 36년 전 웰라 교육 수료 후, 브릿지 1가닥에 7,000원의 요금을 받으면서(지금 발레아쥬디자인) 정두심 회장은 전성기를 구가했다. 정두심 회장은 외부 직원을 영입하지 않고 내부 직원의 교육 시스템을 적용, 승급 시험을 통해 직원을 선발했으며, 90년 초부터 직원에게 4대보험과 퇴직금을 적용하는 경영을 하고 있다. 진작부터 선진 미용 경영을 실천하고 있었던 것이다.

미용에 대한 열정과 신념으로 박사 과정 입학

뷰티산업계에 종사하는 많은 미용인들이 만학도의 길을 걷는 예는 많다. 정두심 회장 역시 부산대학교에서 석사, 박사 과정을 하면서 석사는 7 대 1의 경쟁률을 뚫고 입학을 할 수 있었다. 석사 졸업 후 박사 과정을 입학하려고 하는데 당시 교수가 "정두심 개인은 훌륭하나 뷰티산업에 종사하기 때문에 부산대학교에서는 박사 과정을 하기 어렵다"고 말했다. "뷰티산업에 종사하는 소수의 사람이 박사 과정을 원했지만, 지금까지 한 사람도 입학한 적이 없다"고 하면서 입학을 허락하지 않았던 것이다.

그러나 정두심 회장은 최선을 다하여 미래 뷰티산업의 가치를 교수에게 2시간 동안 말씀드리고 끝내 교수님의 허락을 받고 박사 과정에 입학할 수 있었다. 미용에 대한 열정과 신념이 만들어낸 결과였다. 이는 미용업계의 자존심으로 연결돼 있으며 이렇게 어렵게 공부한 만큼 국가정책에서도 소상공인의 미용인들과 함께

부산 중소벤처기업 정책협의회 위원으로 뷰티산업의 전문가로 활동하고 있는 것
이다.

정두심 회장은 자신을 뒤돌아보는 시간으로 하루하루를 의미 있게 보내고 있
다. 우리나라 대표적인 산업도시이자 관광지인 부산에서 고용노동부 우수숙련기
술자, 대한민국 산업현장교수, 소상공인 가급 강사로서 현장교육에 전념하고 있
으며, 또한 사단법인 대한미용사회 부산광역시 금정구지회장으로 관내 요양병
원, 금정구청 아름다운 봉사단, 부산광역시 장애인자립생활센터에서 봉사활동을
하면서 보람되고 소중한 시간을 갖고 있는 것이다.

사귀면 사귈수록 인간미가 물씬 묻어나는 정두심 회장을 보고 있노라면 기자
는 흥에 겨울 수밖에 없다.

정두심 회장 프로필

- 부산대학교 경영대학원 박사 Ph.D.student
- 부산대학교 경영대학원 석사
- 동아대학교 경영학과 학사
- 2002년 미용장, 전국기능경기대회 미용 은메달, 부산지방기능경기대회 미용 금메달
- 2017년 부산광역시장 표창, 부산지방중소벤처기업청장 표창, 한국산업인력공단 부산지역본부장 표창
- 2018년 대통령 표창, 보건복지부장관 표창
- 현재 부산광역시 최고장인
- 고용노동부 우수숙련기술자
- 고용노동부 대한민국산업현장 교수
- 사)대한미용사회 부산광역시 금정구지회장
- 부산시 뷰티산업자문위원회 위원
- 부산시 소상공인지원 정책협의회 위원
- 부산광역자활센터 심층면접 심사위원
- 부산지검 검찰시민위원회 위원

수상
- 1993년 뉴욕 IBS대회 뷰티플피플 은상, 커트 동상
- 2013년 한국미용페스티벌 헤어아트 금상
- 2015년 국제 한국미용페스티벌 고전머리 공모전 금상
- 2018년 국제 한국미용페스티벌 헤어아트 금상

한국미용의 미래를 밝힌다

송영우 뷰티산업연구소 소장

앞서 걸어가는 사람
— 송영우 소장

눈으로 말하는 사람이 있다
그 눈은 크고 맑아서
겁쟁이라고 놀리는 사람이 있는데
실은 세상의 이치를 알고 싶은 눈이다
나만을 알고 지내던 껍데기를 깨고
세상을 바로보았을 때
그 눈은 이미 자기 것이 아니었다
세계를 향하고
내면을 장악하고
이제 고요에 들었을 때
그는 한국미용의 선구자가 되었다
앞서가는 정책을 개발하고
넘어야 할 험로를 개척하고
새로운 비전을 제시할 때
우리의 미용도 빛을 발했다
그녀의 눈이 투명하고 맑아서
사람들은 그녀를
앞서가는 소라고 불렀다
그녀는 오늘도 묵묵히 걸어갈 뿐이다

묵묵히 자기 일만 하는 사람

기자는 마음이 굳건한 사람을 좋아한다. 허울 좋은 말이 앞서지 않고 묵묵히 자기 일을 하는 사람을 보는 것은 든든하고 믿음직한 마음이 들어서 좋다. 우리 미용계에도 이런 분들을 볼 수 있는데, 그 중 뷰티산업연구소 송영우 소장도 그런 인사 중 하나다.

송영우 소장은 언제 보아도 믿음직하다. 농담을 좋아하는 기자는 송영우 소장을 볼 때마다 "얼굴이 예쁘면 일이라도 열심히 하지 말아야지유." "눈이 커서 세상 모든 것을 볼 수 있것어유"라는 등 흰소리를 하지만 송영우 소장은 "어머 어머. 농담도 잘 하셔" 손사래를 치며 그저 사람 좋은 웃음만 날린다. 어떨 땐 세상 일을 초월한 도인 같다는 생각이 들기도 한다. 그렇지만 세상 일이 어디 만만한 구석만 있던가. 술 한 잔 앞에 놓고 진솔한 삶의 이야기를 듣고 싶은 미용인 중의 한 사람이 또한 송영우 소장이다. 살면서 누구에겐가 삶의 위안을 받고 싶을 때가 누구에게나 있다. 그리고 삶의 위안을 받을 만한 인사가 곁에 있다는 것만으로도 충분히 위로를 받는다.

송영우 소장은 자기를 '이기적인 사람'이라고 표현한다. 지금까지 오로지 자신에게만 충실하게 살아왔으며, 자기가 생각한 대로 그리고 자기가 하고자 마음먹었던 일만 하면서 살아왔다고 느끼기 때문이다. 송영우 소장은 10대에는 열심히 놀았고, 20대에는 일본에서 새로운 그녀를 발견하는 기회를 가졌고, 20대 후반에 결혼하고 창업하며 신나는 미용사로서의 삶을 시작했다고 말한다.

미용을 시작하고 결혼해서 남편과 아이가 있음에도 불구하고 오로지 미용사로만 살았던 30대에는 일주일에 한번 꼴로 일본을 드나들었다. 배움에 대한 열정이

남달랐음을 알 수 있다. 이때 일본뿐
아니라 해마다 두세 번은 미국, 영국,
프랑스 등 해외에 가서 한두 달 정도
머물면서 유명 미용실 순례와 함께
비달사순, 피봇포인트, 토니앤가이
등 유명 아카데미에서 연수를 받기도
했으니 미용인들이 동경하는 경험을
일찍 체험한 것이다. 이때 미용사만
큼 좋은 직업이 없다는 것과 우리 미

용계와 해외 미용계의 차이는 법과 제도에서 비롯되어진다는 것을 절실하게 깨
닫게 되었다.

40대에 들어서는 돈만 버는 미용사로만 살아서는 안 되겠다고 인식해서 인문
학, 교육학, 상담학, 사회복지학, 경영학 등 할 수 있는 모든 공부를 섭렵했다. 그
리하여 2010년에 경영학 박사 학위를 취득했으니 형설지공의 노력의 결과였다.

일본 미용계 교류 등 남다른 미용실 운영

송영우 소장은 1987년 미용실 창업 이후 성공적인 미용실 운영으로 정평이 나
있다. 해외여행을 좋아했던 송영우 소장은 1990년에 들어서면서부터는 해외여행
경험이 없는 직원들을 데리고 동남아시아의 유명한 휴양지를 중심으로 연 1회 단
체로 해외여행을 다녔다. 약 40~50여 명의 직원이 4일 정도 영업을 중단하고 그

것도 해외로 여행을 가는 것은 1990년대에는 매우 파격적인 직원관리 형태였던지라 주변으로부터 많은 시선을 받았다. 당시의 모든 직원들은 해외여행 경험이 전무했던 터라 미용실 입사 후 처음 경험하는 해외여행으로 직원은 물론 직원 부모님들까지도 매우 좋아해서 타 미용실의 부러움을 받기도 했다.

송영우 소장은 일본 미용계와의 교류가 많다. 다음 일화는 송영우 소장을 바로 아는 바로미터가 될 터이다.

2000년을 전후할 때까지만 해도 해외연수가 그리 많지 않았던지라 해외에서 열리는 미용대회에 참관만 해도 미용전문지에 기사로 나던 시대였다. 당시 송영우 소장은 일본의 꽤 권위있는 미용대회에 심사를 다녔는데 일본 '자자헤어'의 카와이 대표가 많은 사람들 앞에서 "이세 일본미용은 송 선생에게 배워야 할 때가 올 수도 있어"라며 일본 미용인들에게 기술만 열심히 할 것이 아니라 다양한 공부를 하라는 말을 했는데 송영우 소장은 카와이 대표가 자신뿐만이 아니라 한국미용을 인정했다는 느낌 때문에 흐뭇하지 않을 수 없었다.

송영우 소장을 잘 이해할 수 있는 또 한 가지 일화가 있다.

1990년대 후반 무렵 한국에는 마땅한 미용전문잡지가 없어 송영우 소장은 주로 일본 잡지를 보곤 했다고 한다. 그 중에서도 특히 신미용출판사에서 월간으로 발행한 《미용과 경영》을 주로 보면서 그곳에 소개되는 미용경영인들을 직접 만나보고 미용 관련 이야기를 나누는 것을 큰 낙으로 알고 지냈다.

그때 특이하게 일본 미용계에는 소개되지 않은 NLP프로그램을 이용한 직원교육을 한다고 소개한 기사를 보고 연락하여 만나자고 하니 시간당 1만 엔(한화 10만 원)을 내면 만나주겠다고 했다. 송영우 소장은 오기가 생겨 시간 당 2만 엔을 지불할 테니 내가 묻는 말에 뭐든 답을 달라는 조건을 제시하자 상대도 좋다하여 신주쿠의 한 호텔에서 만났다.

송영우 소장은 일부러 도쿄에서
가장 좋은 호텔 커피숍에서 만나자고
했다. 약속장소에 나온 일본원장과
송영우 소장은 약 3시간에 걸친 대화
끝에 미용업 교육의 초점은 기술보다
인성에 있다는 것과 당시 미용계가
지나치게 기술 중심으로 가고 있는
것에 대해 안타깝다는 데 의견 일치
를 보았다. 물론 헤어질 때 미리 마련해간 돈 봉투를 건네자 너무나 실례했었다며
그렇게 말한 것에 대해 너무 미안하다면서 허리를 90도로 굽히면서 자기가 더 많
이 배웠다고 종종 만나서 이야기해보자 했다. 그렇지만 송영우 소장은 이후에 연
락을 하지 않았다. 더 이상 궁금한 것이 없었기 때문이었다.

2010년께는 일본의 대표 미용전문학교인 할리우드미용학교의 야마나카 이사
장이 일본 유일의 뷰티비즈니스대학원대학교를 만들고 송영우 소장을 객원교수
로 임명하면서 '우리 할리우드가 대학원을 만든 이유는 송 선생과 같은 미용인을
양성하기 위해서야'라고 말했다.

뷰티산업연구소장직은 필연의 결과

2017년에는 한국기술대학에서 주최한 '직업훈련패러다임의 변화'라는 주제로

열린 워크숍에 일본 최대의 직업훈련 학교인 지케이학원 그룹의 미용파트 교육담당자를 초청하여 한일 양국의 미용인력 양성과정에 대해 발표를 부탁하자 "우리는 송 선생 같은 사람이 없어서 아직도 70년 전에 만들어놓은 검정 종목으로 국가자격시험을 치르고 있어 현장과의 미스매치를 극복하고 있지 못하고 있다"라고 일본 교육담당자는 말했다.

송영우 소장은 뷰티산업연구소 소장직을 맡은 이래 꾸준하게 미용분야의 경력개발경로에 대한 일에 관심을 가지고 그와 관련된 일을 하고 있다. 예를 들면 특성화고등학교 학생을 대상으로 하는 입직단계의 프로그램 개발 및 운영, 직무분석 및 역량강화, 교수법, 직업훈련강사 및 특성화고등학교 교원 등 제도권에서 미용훈련을 담당하고 있는 교원과 강사를 대상으로 현장직무 기반의 보수교육, 미용분야 자격과정 개발 및 일학습기업의 기업현장교사 대상의 교수법 강의 등등의 일로 바쁘게 지내고 있다. 험난한 일이지만 누군가는 꼭 해야 할 일이다.

미용인들을 전문가라고 한다. 미용인들이 전문가로 대접받기 위해서는 미용인들이 어떤 일을 하고 있으며 어떻게 사회에 기여하고 있는지 결과를 보여주어야 한다. 송영우 소장이 있는 뷰티산업연구소는 이런 일을 소리 없이 처리하고 있다. 말로만이 아닌, 오늘도 묵묵히 자기 일을 수행하고 있는 송영우 소장에게 박수를 보내지 않을 수 없다.

송영우 소장 프로필

- 2010년 2월 호서대학교벤처전문대학원 정보경영학 박사
- 2012년 2월부터 현재까지 뷰티산업연구소 소장
- 2016년 11월부터 현재 미용분야 산학일체형 도제센터 센터장
- 1987년 5월부터 2020월 6월 헤어살롱 마즈론론 대표
- 2015년 9월부터 2017년 12월 미용분야 특화업종 지원센터 센터장
- 2015년 9월부터 2019년 5월 한국형 국가역량체계(KQF) 구축추진 산업분야 위원
- 2013년 1월부터 2017년 1월 성장분야 핵심전문 인재양성 추진사업 연구 및 조사운영위원(일본 문부과학성 사업)
- 2013년 1월부터 2014년 12월 교육부 교육과정 심의위원

- 2019년 6월부터 2019년 10월 헤어미용, 메이크업 NCS 기반 학습모듈 수정보완 책임자, 한국직업능력개발원
- 2018년 10월부터 2018년 12월 헤어미용, 메이크업, 피부미용 NCS 기반 자격 문제원형 개발책임자, 한국산업인력공단
- 2017년 5월부터 2017년 10월 헤어미용분야 NCS 개선사업 책임연구원, 한국산업인력공단
- 2017년 6월부터 2017년 10월 헤어미용, 메이크업 NCS 기반 학습모듈 개발책임자, 한국직업능력개발원
- 2016년 10월부터 2016년 12월 헤어미용, 메이크업 NCS 기반 자격 문제원형 개발책임자, 한국산업인력공단
- 2016년 6월 헤어미용, 메이크업 NCS 기반 자격 비교연계 계획안 설계 책임자, 한국산업인력공단
- 2016년 03월부터 2016년 06월 헤어미용, 메이크업 NCS 및 NCS 기반자격 수정·보완 책임연구원, 한국산업인력공단
- 2015년 5월부터 2015년 11월 헤어미용, 메이크업 학습모듈 개발책임자, 한국직업능력개발원

미용교수의 삶과 희망

김민 신안산대학교 뷰티디자인과 학과장

희망을 심어주는 사람
— 김민 교수

사람들은 이 세상에 태어나
많은 꿈과 희망을 가지지
헤어디자이너로서
고객들의 아름다움을 책임지기도 하고
정치가로서
모든 사람이 더불어 잘 사는 세상을 꿈꾸기도 하지
여기에 더하여
학교에서 후세들을 가르치는 것은
얼마나 숭고한 일이던가
이 세 가지를
모두 아우르고 있는 한 남자가 있으니
모든 사람들이
보기 좋다 하더라
미용과 정치와 교수는
즐기는 자의 몫
이는
미용을 이웃을 꿈나무를
사랑하는 마음에서
비롯된다네
안산의 한 대학에서
우리는 희망을 보네

안산의 미용실 개업식에서 처음 만나다

2000년 초의 일이다. 우리 사회는 IMF라는 직격탄을 맞아 허둥대고 있을 때였다. 지금의 코로나사태와는 또 다른 위기가 찾아왔던 시기였다. 사회가 어려웠던 때였지만 미용계는 호황까지는 아니더라도 지낼 만한 때였다. 지금 생각해보면 1997년에 IMF시대가 도래했지만 미용계는 그때가 지금보다 더 좋았던 시기였다. 잡지사의 광고 매출은 물론이고 미용계 전체로 볼 때도 호시절이었다.

그 당시 안산 모처에서 한 집단의 미용인들이 모였다. 경기가 나쁘지 않았던 탓에 누가 새롭게 숍을 오픈하면 가까운 이들이 모두 모여 축하해주는 일이 많던 시절이었다. 성대한 개업식을 마치고 축하연이 이어지던 3차 술자리에서 김민 원장의 옆에 앉았다. 안산에서 많은 미용실을 운영하며 우리 미용계에 이름이 꽤 알려져 있었던 김민 원장은 듣던 말만큼이나 호탕했다. 김민 원장과 술을 꽤 많이 마셨고 취기가 오를 때까지 많은 이야기를 나누었다. 미용에 관한 이야기는 물론이고 정치 얘기도 재미있게 했던 기억이 난다. 30대였던 기자는 당시 정치에 관심이 많았고 국회를 출입했던 옛 시절의 습관을 버리지 못하고 국회에도 가끔 놀러 다니던 때였다.

그때 그 기억이 새롭다. 인간관계에 있어 친근감이 더 드는 사람이 있다. 그것은 어떻게 말로 표현할 수 없는, 친근 인자가 내포되어 있기 때문이라고 말할 수 있겠다. 김민 원장에 대한 기자의 생각이 그랬다고 볼 수 있겠다.

그날의 인연으로 우리는 가끔 통화하는 사이가 되었고, 그는 늘 박진감이 넘쳐 흘렀다. 그런 모습이 무척 좋아보였다.

안산에서 미용실을 크게 운영하며 승승장구하던 김민 원장은 2002년 안산1대학 총장의 권유로 대학에서 후학들을 가르치기 시작했다. 모두들 놀라워했다. 미용실 운영을 맡겼다고는 하지만 일선에서 손을 놓기가 쉬운 결정이 아니었기 때문이다. 그러나 그는 현재 신안산대학교 뷰티디자인과 학과장으로 근무하고 있으니, 그에게 교육자의 피가 흐르고 있었다는 사실과 교육

자로서의 자질이 높았다는 것을 일찍이 알지 못했던 것을 인정할 수밖에 없다.

이뿐이 아니라 정치에 관심이 많았던 그는 2006년의 지방선거에서 당시 여당이던 열린우리당 공천을 받아 경기도의원 안산 상록갑선거구 후보로 출마했다. 그때에도 미용계 인사 몇몇이 모여 그의 선거를 암암리에 돕기도 했으나 낙선의 쓴잔을 마셨다.

낙선 후에도 그는 안산시 일에 적극적으로 나서며 사할린동포후원회 부회장, 안산문화재단 이사, 안산시 각종 위원회 심의위원, 안산지역 국회의원 정책자문위원, 초대 안산국제뷰티페스티벌 조직위원장 등 안산 지역 사회에서 많은 봉사 및 사회 활동을 하고 있다. 그에게는 미용인의 피와 정치가로서의 봉사 그리고 후학을 가르치는 교육자로서의 열정이 혼재해 있다고 믿는 이유이다. 어느 것 한 가지 일에도 소홀함이 없는 그에게 응원을 보내지 않을 수 없다.

2002년부터 대학에서 후학 가르치다

　모든 일에 최선을 다하고 각 분야에서 남다른 열정을 보이는 그에게 '어떻게 미용계에 입문했나?'라고 물었던 적이 있다. "1986년 강남역 인근에 위치한 경일기술단에 입사하여 측량설계 일을 하던 중 우연히 명동 마샬미용실에 근무하는 선배를 만나러 갔다가 그의 모습에 반해 미용을 시작해야겠다는 생각을 했습니다. 결심 후 곧바로 미용학원에 등록하고 자격증을 취득하여 미용을 시작하게 되었습니다. 그 후 안산에서 미용실을 운영하면서 미용에 재미를 붙이게 되었습니다." 이렇게 그의 대답은 간단했다. 안산에서 미용으로 이름을 날리던 그에 맞는 무슨 큰 기대를 걸었던 것까지는 아니었지만, 그의 의외의 대답은 역으로 솔직담백한 성격을 대변해주는 좋은 예이다.

　앞에서도 말했지만 김민 교수는 현재 신안산대학교 뷰티디자인과 학과장으로 재직하고 있다. 유명 원장에서 유명 미용학과 교수로 자리 이동을 한 것이다. 어

차피 미용실 원장이나 미용교수나 같은 미용인인 것은 틀림없다. 우리가 간과하고 있었던, 김민 교수의 피에 흐르는 교육자 자질을 이제야 확인할 수 있다는 것은 우리에게 큰 수확이다.

　제자들이 성장하고 성공하는 모습을 지켜보는 것이 미용 교수로서 즐거운 일이라는 김민 교수의 제자 사랑과 폭넓은 인간관계를 알려주는 일화가 있다.

몇 년 전, 김민 교수가 뷰티디자인학과 학생들과 중국 청도에 뷰티 봉사를 갔을 때였다. 여행사 실수로 귀국할 날짜가 지난 뒤에 청도공항에 도착하여 20명의 학생들과 청도공항에서 귀국도 못하고 국제미아가 될 뻔했던 일이 있었다. 김민 교수는 당황하지 않고 기지를 발휘, 지인을 통해 LG디스플레이 현지 공장의 도움을 받아 산업체 연수생으로 신분을 바꿔 2박 3일을 LG에서 마련해준 특급호텔에서 지내고 무사히 귀국할 수 있었다. 이 일이 있고 난 후 의리를 중시하는 김민 교수는 지금까지 LG브랜드를 선호하고 있다고 한다.

위기에 처했을 때 그 사람에 대한 능력과 사람 됨됨이는 확연하게 나타난다고 한다. 그런 의미에서 김민 교수는 특별한 사람임에 틀림없어 보인다.

안산을 K-뷰티의 도시로 만들고 싶다

우리 미용계에는 다른 사람을 능가하는 능력과 실력을 가진 분이 많이 있다. 그러나 그 능력과 특출함을 자기 자신과 미용계를 위해 오롯이 헌신하는 분은 그렇게 많지 않다. 뛰어난 미용 경영자로서 미용계와 지역 사회를 위해 일하고 더구나 후학을 양성하는 교육자로서 그 능력을 십분 발휘하고 있는 김민 교수는 그런 의미에서 미용계의 보배라 할 수 있겠다.

며칠 전에 김민 교수로부터 전화가 왔다. 《뷰티라이프》를 보다가 전화했다는 그와 여러 미용인들의 근황에 대해 묻고 답하며 깊은 추억에 빠졌다. 미용계의 과거와 현재를 회상하며 공감할 수 있는 사람이 있다는 것은 삶의 또 다른 즐거움이다.

긴 통화 끝에 김민 교수는 말했다. "모처럼 국장님과 통화하니 미용계에 다시 태어나는 것 같습니다. 빠른 시간 안에 안산에 내려오셔서 술 한잔 하며 못 다한 이야기와 옛 정에 빠져봅시다."

김민 교수에게 하고 싶은 얘기를 빼앗겨버렸다. 오랜 세월, 같은 미용계에서 생활하였다는 것만으로도 이렇게 정다운 추억을 공유할 수 있다는 것은 참으로 고마운 일이다.

'안산을 K-뷰티의 메카로 만들고 싶다'는 김민 교수는 안산 국제K-뷰티페스티벌을 발판으로 안산하면 뷰티, 패션이 떠오르는 도시로 만들기 위해 지역 경제인, 정치인과 협력해나갈 계획이라고 한다. 그런 김민 교수의 신념을 믿기에 10년 후면 안산은 세계적인 뷰티 축제가 열리는 아름다운 뷰티 산업도시, 관광도시로 발돋움 하리라고 기자는 굳게 믿고 있다.

김민 교수 프로필

- 원광대학교 일반 대학원 졸업(미용학 박사)
- 안산 심포니오케스트라 초대 단장
- (재)안산문화재단 이사
- 사할린동포후원회 부회장
- 안산도시공사 임원추천 위원
- 안산 4개 지역구 국회의원 정책자문위원
- 안산시 각종 위원회 심의위원
- 한국문화산업학회 초대회장
- (사)월드뷰티핸즈 이사
- 한국미용학회 상임이사
- 글로벌 뷰티디자인학회 감사
- 안산 국제뷰티페스티벌 초대조직위원장
- 신안산대학교 뷰티디자인과 학과장

이완근 기자의 〈미용인보〉
우리 사이에 詩가 있었네

지은이_ 이완근
펴낸이_ 조현석
펴낸곳_ 북인
디자인_ 푸른영토

1판 1쇄_ 2021년 05월 11일

출판등록번호_ 313 - 2004 - 000111
주소_ 121 - 842 서울 마포구 서교동 467 - 4, 301호
전화_ 02 - 323 - 7767
팩스_ 02 - 323 - 7845

ISBN 979-11-6515-029-0   03810
ⓒ 이완근 2021

정과 의리, 인성도 갖춘 스물네 명의 성공한 미용인들

기자가 미용실 프랜차이즈로 성공한 미용인들을 만나서 인터뷰를 하고, 그 교훈적인 내용을 미용인들께 전해주고자 만든 책이 2018년 4월에 나온 『헤어디자이너』(부제, 한국 미용계를 이끄는 리더12)입니다. 그 책을 완성하고 나서 미용계의 진면목을 보여줄 수 있는 책을 구상하게 되었고, 그 결과 《뷰티라이프》 잡지에 〈미용인보美容人譜〉라는 꼭지를 만들었습니다.

〈미용인보〉를 연재하면서 몇 가지 규칙을 정했습니다.
첫째는 평소 기자와 소통을 하며 유쾌한 에피소드를 많이 공유한 미용인
둘째는 미용인으로서 자기 나름의 세계를 구축한 분
셋째는 미용인의 정과 의리를 가진 분
넷째는 마음이 아름답고 멋을 아는 미용인 등등

이런 규칙에 따라 〈미용인보〉는 지난 2019년 3월호부터 2021년 2월호까지 2년 동안 기자와 특별한 인연과 관계를 이어오는 미용인 한 분에 대한 시와 에피소드를 사진과 함께 매달 소개했으며, 이제 스물네 분을 모셔 『우리 사이에 詩가 있었네』란 단행본으로 출간하게 되었습니다.
여기 소개하는 스물네 분은 미용인으로서 성공도 했지만 인간적인 면에서 어디 내놓아도 손색이 없는 인성을 가지신 분들입니다. 미용인을 거론할 때면 기자는 정과 의리가 많은 사람들이라고 말합니다. 여기에 더하여 스물네 분은 웃음과 실력, 그리고 사람 사는 풍류를 진정으로 알고 계신 분들이라고 말하고 싶습니다.

—「책을 펴내며」 중에서

값 16,000원

03810

9 791165 120290
ISBN 979-11-6512-029-0